作家笔下的海峡二十七城

作家笔下的

鹰潭

作家笔下的海峡二十七城丛书编委会 编

海峡出版发行集团 | 海峡文艺出版社
THE STRAITS PUBLISHING & DISTRIBUTING GROUP | Haixia Literature & Art Publishing House

图书在版编目(CIP)数据

作家笔下的鹰潭/作家笔下的海峡二十七城丛书编委会编.
—福州:海峡文艺出版社,2010.6
(作家笔下的海峡二十七城)
ISBN 978-7-80719-505-4

Ⅰ.①作… Ⅱ.①作… Ⅲ.①散文—作品集—中国—当代
Ⅳ.①I267

中国版本图书馆 CIP 数据核字(2010)第 094337 号

作家笔下的鹰潭

作家笔下的海峡二十七城丛书编委会 编

责任编辑　林　滨　庄琳芳
出 品 人　何　强
出版发行　海峡出版发行集团
　　　　　海峡文艺出版社
经　　销　福建新华发行(集团)有限责任公司
社　　址　福州市东水路 76 号 14 层　　邮编　350001
网　　址　www.hx-read.com
发 行 部　0591—87536797
印　　刷　福州德安彩色印刷有限公司　　邮编　350008
开　　本　880×1240 毫米　1/32
字　　数　110 千字
印　　张　5
版　　次　2010 年 6 月第 1 版
印　　次　2010 年 6 月第 1 次印刷
ISBN 978-7-80719-505-4
定　　价　35.00 元

如发现印装质量问题,请寄承印厂调换

总序

廖国忠

　　"作家笔下的海峡二十七城"丛书即将付梓出版，并在海峡两岸同步发行。这是两岸出版业界携手合作的又一个重要成果，很有创意、新意、意义，可喜可贺。

　　由海峡文艺出版社、台湾图书出版事业协会和福建闽台图书有限公司共同策划推出的"作家笔下的海峡二十七城"丛书，对海峡西岸经济区20城市（福建的福州、厦门、漳州、泉州、三明、莆田、南平、龙岩、宁德；浙江的温州、衢州、丽水；广东的汕头、梅州、潮州、揭阳；江西的上饶、鹰潭、赣州、抚州）和台湾7个代表性城市（台北、台中、高雄、台南、新竹、嘉义、花莲）的历史文化，进行审视梳理和系统介绍，充分展示了两岸之间深厚的历史文化渊源，体现了中华民族的悠久历史和灿烂文化。丛书的出版，融合了两岸文化人的智慧，开创了两岸出版业界合作的新模式。具体来说，有以下几个特点：

　　一是立足海峡、紧扣时代。丛书抓住海峡两岸27城市历史文化的精彩片段进行遴选还原，用历史的眼光加以辩证审视，用现代的情感进行勾画叩问，用精彩的文字和富有表现力的图片予以生动展示，使时代的主题得到了很好的诠释和表现。

　　二是选文精当、点面结合。丛书设置了"探寻历史遗存"、"拜访古代先贤"、"感悟绿色山水"、"品味地方风情"等章节，分别从物质文化遗产、历史著名人物、自然山水景观以及非物质文化遗产等层面，进行选文组合，将当地的历史文化、风土人情、民俗风情、城市面貌生动展示出来，让读者不仅感受到闽南文化、客家文化、妈祖信俗等两岸共同文化之根的深远影响，而且也感受了海峡城市群多姿的历史风貌和独特的现实魅力。

三是形式活泼、图文并茂。丛书以散文的手法探寻历史，注入现代人的情感，赋予较强的文学性和可读性；书中辅以大量精美的图片，图文并茂，具有很强的吸引力和感染力，既可作为散文佳作来品，也可作为乡土历史教材来读，还可成为外地读者了解一个城市的旅行读本。

四是两岸携手、创新合作。丛书从文化寻踪入手，由两岸业界携手，在图书的编写、出版、发行等各个环节建立紧密合作，在推动两岸合作上具有典范性意义。

海峡两岸各界对本丛书的出版都给予了高度关注。新闻出版总署署长柳斌杰为丛书题词。台湾知名人士连战、吴伯雄、宋楚瑜、王金平、江丙坤、蒋孝严、黄敏惠以及胡志强等也为丛书出版题词祝贺。

当前，两岸关系发生了重大积极变化，两岸和平发展处于进一步向前推进的重要机遇期。希望两岸出版业界抓住机遇，开拓进取，以文化为纽带，以发展为主题，以创新为动力，以项目为抓手，携手合作，共同努力，不断谱写两岸出版业交流合作的崭新篇章，建设两岸同胞共同的精神家园，推动两岸关系朝着和平稳定的方向发展。

（作者系中共福建省委常委、宣传部长）

目 录

探寻历史遗存

鹰潭龙虎山 ……………………………………郭军宁 3
上清镇：千年古镇韵犹存………………………桂郁良 12
天师府寻踪………………………………………齐　峰 15
"心学"诞生地——象山书院…………………陈炎诚 18
大唐遗砚…………………………………………牧　雨 23
笔走鹰潭商代窑场………………………………杨西海 28
雨中访曾村………………………………………宋　斌 31
走进"进士村"…………………………………熊长胜 34

拜访古代先贤

走进陆九渊后裔古村落………程永胜　吴　郡 39
夏言与象麓草堂…………………………………何长生 44
桐源三题…………………………………………吴建平 47
廉吏兄弟——江以朝、江以达………………熊长胜 57
吴武陵其人其事…………………………………叶　航 60
"汲汲于养民"的徐九思………………………崔新民 67
水利功臣徐贞明…………………………………谷玉虎 72
道士画家方从义…………………………………熊长胜 77

感悟绿色山水

烟雨泸溪河·······················胡序知 83

登天门山·························黄国和 86

象山·仙人桥······················葛伏春 90

九曲洲观光·······················何才厚 93

春游仙人城·······················罗咏琳 97

梨花如雪·························应先林 101

迷人的白鹤湖·····················陈贵兴 105

东湖漫步·························俞新华 108

品味地方风情

文化视野中的鹰潭···············傅辉年 113

魅力古镇·························谢国渊 117

民情风俗味更浓···················桂郁良 120

话说灯芯糕·······················应先林 123

贵溪吃茶·························邹志兵 126

家乡板栗香·······················谢国渊 129

天师八卦宴琐谈···················汪建荣 133

探访"无蚊村"···················徐同根 137

龙虎山下看悬棺吊装···············吴兴人 141

鹰潭的民谣·······················熊长胜 144

标溪：中国茶亭的标本···············吴厚荣 147

这是中国瓷器窑火最早燃起的地方；是《水浒》108将孕育诞生的地方；是中国天师道一脉相承，63代不衰，被世人称为"南张北孔"的地方；是祖先留下千古之谜悬棺崖墓，至今尚待破解奥秘的地方；是"不是漓江，胜似漓江"，被中国道教称为洞天福地的地方！这就是鹰潭

探寻

历史遗存

鹰潭市国家级及省级重点文物保护单位名录

级别	名称	所在位置	简介
国家级	仙水岩崖墓群	龙虎山景区	已调查发现205座崖墓，是我国现存崖墓最集中的地区之一。崖墓大部分利用天然岩洞造成。洞穴大小悬殊，有的宽2米，有的宽58.3米，洞口朝向东南。发掘棺木41具，形制多样。随葬品中十三弦古筝是目前国内最早的木制弦乐器；斜织机构件的发现，将其最早年代从东汉提前至战国时期。仙水岩崖墓群是中国乃至世界考古的重大发现，为研究古越民族的文化特征提供了丰富的资料。
省级	仁靖真人碑铭	龙虎山上清镇天师府	元代书法家赵孟頫手书。
	上清宫铜钟	龙虎山上清镇天师府	时代为元代，铜钟重约万斤。
	角山板栗山遗址	鹰潭市月湖区童家乡	1983年发现，经试掘清理陶片堆积两处、灰坑三个、探沟七条，遗物有石器、陶器，以及制陶用的陶板、文字和符号等。分角山、板栗山、石牛片和螺丝岭四处。
	螺丝岭、保驾峰崖墓群	余江县洪湖乡	螺丝岭有崖墓三处，洞穴口有板栅掩挡，保驾峰有崖墓两处，均有棺木。
	锦江天主堂	余江县锦江镇	1922年前后建，为广丰、饶州府的教区，包括圣美斯堂、官厅、小礼堂、两所学校、生活区房屋等，占地800平方米。

鹰潭龙虎山

郭军宁

　　近年来，江西省鹰潭市龙虎山的旅游热一浪高过一浪。人们从全国各地聚拢到这里，坐上竹排，享受微风扑面的清凉惬意，欣赏泸溪河两岸的绮丽风光，观看惊险刺激的悬棺表演，参观神秘的上清宫、天师府等道家殿堂。

　　龙虎山的确很美，碧水丹崖，宛若仙境。明静秀美、婀娜多姿的泸溪河似一条玉带，将 99 峰、24 岩、108 处自然人文景观巧妙地串联起来。登高远眺，只见山立水边，水绕山转，山

水交融，相互映衬，恰似栩栩如生的水墨画，令人拍案叫绝。古代达官名流王安石、苏东坡、曾巩、赵孟頫、徐霞客、文天祥、陆九渊等来到此地，都禁不住提笔赋诗或写游记、题刻，称颂美景，寄托情怀。

古人云：行万里路，读万卷书。我们在观赏美景的同时，还应当对龙虎山特殊的地质地貌、博大精深的道家文化和难解的悬棺之谜有所了解。世界丹霞地貌景观的典范"亿载造化成绝迹，龙虎丹霞惊天下"。2007 年 11 月，从马来西亚兰卡威传出喜讯："中国江西的龙虎山被评定为世界地质公园。"这是江西省继庐山之后第二个获得"世界地质公园"这一称号的景区。

成为世界地质公园最基本的条件是必须具有独特而稀有的地质地貌和珍奇秀丽的美学观赏价值。龙虎山独特而稀有之处在于：红色的石头，红色的山，远远望去，似赤城层层、云霞片片。古人取其"色如渥丹，灿若明霞"之意，将之称为"丹霞"。20 世纪 20 年代，我国地质学家陈同达先生在对广东丹霞山以及华南地区红层山地作了深入研究之后，将这一类地貌命名为"丹霞地貌"。1992 年，地质学家黄进等人，又将丹霞地貌的定义简化为"由红色沙砾岩形成的丹霞赤壁及

其有关地貌"。

据科学考证，丹霞地貌属于红层地貌，它是中生代侏罗纪至新生代第三纪，也就是从 1.95 亿年前直至今天逐渐演变形成的。红层是一种偏红色的陆相碎屑堆积。华南很多地区都是红层地带，这是丹霞地貌发育的物质基础。红层形成在炎热干燥的环境下，主要由高价铁相对富集而成，一般发生在热带和亚热带盆地中。红层物质组成的差距巨大，有洪积泥砾、短促河床砾石层、河床相沙砾、以泥质为主的湖盆相粉或淤泥质沉积等等。基于此差异性及成岩过程中物理化学变化和隆起后各种环境因素的影响，其颜色也会发生变化。在同一套红色岩系中上下的颜色会有较大的差别，有时会有含有多层的非红色夹层。但只要总体色调呈现偏红色，即可认为是红层地区。

龙虎山在远古时代是一片红层沉积的内陆盆地，后来盆地

龙 虎 山

[宋] 王安石

湾湾苔径引青松，苍石坛高进晚风。

方响乱敲云影里，琵琶高映水声中。

抬升，在抬升的过程中逐步形成今天这种样子。创造这种地貌的最主要的"工程师"是流水，其次是风和重力。流水通过下切和侧蚀作用，蚀去坡面上的风化物质，还在坡脚掏出水平洞穴，使上层履岩地悬空，为重力崩塌提供了可能。风对暴露的红层坡面进行经常性的破坏，尤其在陡崖坡上，风的作用比流水的作用还要大。在这三种因素相互不断的作用下，丹霞地貌总体上呈现出"顶平、身陡、麓缓"的特点。

从丹霞地貌成因类型的角度来说，龙虎山地貌可以归纳为五类：一、水流冲刷型，其景观代表是一线天、陡崖、嶂谷等；二、崩塌残余型，以象鼻山、仙桃石为典型代表；三、崩塌堆积型，以莲花石、玉梳石为典型代表；四、溶蚀风化型，以丹勺岩、仙女岩、仙人足迹为典型代表；五、溶蚀风化崩塌型，以仙姑庵最为典型。大自然的鬼斧神工把龙虎山装点得千姿百态，风情万种。

中国道教正一（天师）道的发祥地

山不在高，有仙则名。龙虎山有名，主要原因在于世代不绝的道家传承和源远流长的道教文化。

中国古代名著《水浒传》开篇讲的就是龙虎山的事：奉北

马　祖　岩
[宋] 文天祥

曾将飞锡破苔痕，一片云根锁洞门。

山外人家山下路，石头心事付无言。

宋天子仁宗之命，太尉洪信于仁宗嘉祐三年前往江西信州龙虎山，宣请嗣汉天师张真人星夜来朝祈禳瘟疫。他在山上先是受到猛虎和大蛇的惊吓，后来一个牧童告诉他天师已知事由并已经乘鹤驾云去也。这个牧童正是张天师。次日游山时，洪太尉在上清宫的"伏魔之殿"中，命人放倒凿有"遇洪而开"的大字石碑，掀开大青石板，放出了压在里面的 36 员天罡星和 72 座地煞星，从而酿就了祸胎。

这个故事当然是经过艺术的想象与虚构的，但是，书中说的龙虎山正是此山，张天师也确有其人。他是何许人也？略知道教的人也许会这样回答：他是汉朝五斗米道的创立者张道陵。不错，张道陵是个张天师，还是龙虎山的"祖天师"，但他不是《水浒传》里说的那个张天师。

张道陵是汉朝名臣张良之后，他未继承祖业出官入仕，却于汉朝末年来到云锦山精思修道，炼九天神丹。丹成"有青龙白虎驯绕其上"，龙虎山故有现名。张道陵在龙虎山先后获"黄帝九鼎丹书"和"太清丹经"，撰《老子想尔注》，创立了正一（天

师）道（因后来规定凡入道者须交五斗米，遂被人称作"五斗米道"），为该道第一代天师。其后，他在四川青城山建立了正规的教团组织，在唐僖宗时被封为"三天

扶教辅元大法师"。

正一（天师）道第四代天师张盛在张道陵炼丹处建起祠庙（即后来的正一观），又在附近建了传箓坛，尊张道陵为掌教"正一天师"，并以《正一经》为主要经典，遇三元日（上元正月十五、中元七月十五、下元十月十五）登坛传箓，以授四方学道之士，开创了在中国历史上影响很大的正一（天师）道龙虎宗。从此，正一（天师）道龙虎宗在龙虎山扎下根来，代代相传。龙虎山正一（天师）道自汉朝末年第4代天师张盛始，到民国时期第63代天师张恩溥止，奕世沿守一千八百余年，代代天师

均得到封建王朝的崇奉和册封，有的官至一品，位极人臣，形成中国文化史上传承世袭的"南张北孔（夫子）"两大世家。龙虎山在鼎盛时期，建有道观80余座，道院36座，道宫数个，是名副其实的道都。龙虎山因千年积淀的丰厚的道教文化遗产和它在中国道教史上显赫的祖庭地位，成为名扬海外的道教名山。

水帘洞
[元] 赵孟頫

飞泉如玉帘，直下数千尺。新月悬帘钩，遥遥挂空碧。

中国南方古人悬棺葬式的代表地

凡到龙虎山旅游的人一定会看到惊险刺激的悬棺表演。

悬棺葬在我国南方川、黔、滇、湘、桂、粤、浙、赣、闽、皖等省均发现过，龙虎山悬棺数量之多、位置之险、造型之奇特为举世罕见。在离地二十米以上临江面水的悬崖绝壁的天然洞穴中，安放着202座悬棺墓，里面随葬品丰富，科学研究价值巨大。这些棺木几乎都是由一根根木头制成的，把一根大木掏空，像独木舟一样。人们从泸溪河舟中或地面眺望，可隐约望见藏棺洞口或半个棺木，或钉木桩，或封木板，神秘的感觉油然而生。

考古学家考证，这是距今两千六百多年前春秋战国时期古越人的岩墓悬棺群，且是流行于中国长江以南许多省区以及台湾和一些太平洋岛屿的悬葬的起源。那么，在百米悬崖绝壁之上，古人是用什么办法将棺木放进洞穴中的呢？

最早解释这个问题的大概是南朝人顾野王。他称搁置悬棺的崖洞为"地仙之宅"，意思是神仙的墓葬之处。神仙能够腾云驾雾，悬空置棺当然不难。但神仙只是幻想中的产物，并且长生不老，怎么需要棺材呢？

唐代张𬸘《朝野佥载》中记有古人在临江高山半山腰间开凿石穴安葬死者的情形，办法是从山顶上放绳索把棺木吊下来。采用"自山上悬索下柩"的方法不是不可能，但这种方法必须要有掌握传统技艺的人先攀缘到后山顶，而有些后山，至今人们也无法爬上去。两千六百年前的古人怎么可能拥有足以吊起数百千克重量的绳索呢？

清代许瓒曾《东还纪程》记载了一种与从山顶上吊下棺木正好相反的办法：即利用水位抬高，以船载棺而将之运进预先看好的天然洞穴或人工凿成的崖窦里，等水位降低后，便有了

石壁悬棺下临绝壑的奇特景观。我们从龙虎山地貌变化的角度，可以看出其可能性。龙虎山就是盆地抬升、流水切割等作用的结果，数百上千年前没准泸溪河的水位要比现在高出二十米以上。然而，现在不可能找到两千六百年前泸溪河水位的数据。

也有人参照菲律宾巴拉望岛古代居民安葬瓮棺的办法，提出另一种设想：依靠绳索、长梯之类的攀缘工具，将包裹尸骸的麻袋及板材、殉葬物品和必要的制棺工具等，一一借单个人力运送到事先选定的洞穴中，然后现场制棺成殓并予安葬。然而这又与事实不符，龙虎山悬棺棺具多用巨木刳割挖空而成，木料又多为沉重的楠木，不是破开的板材。

对于古越人为何要将先人安放在洞穴之中的问题，也是议论纷纷、众说纷纭。有人认为悬棺葬与史前原始民族岩居有关，是人们洞处穴居生活的反映，人们生时既然住在岩洞里，死后当葬回原处。有人认为古越人及其后裔大多生活于高山僻壤中，他们把高山险峰作为神灵居所或通天之路，悬棺葬是他们顶礼膜拜的表达方式。有人认为悬棺葬是原始宗教中祖先崇拜观念的反映，那些习惯水上生活并善于造船的民族笃信祖先死后，魂灵仍将与自己家人及后代长相厮守，并保佑他们繁荣兴旺。将棺木高置于陡崖绝壁，可以避免人兽或其他因素的伤害。有人认为悬棺葬是实行"孝道"或为了吉利，唐人张篱在《朝野金载》中记载崖葬习俗时言"弥高者以为至孝"，以至丧家争相挂高。如此等等，不一而足。

这些猜测与判断都是有道理的，但是由于龙虎山崖墓中没有任何文字甚至符号，缺乏有力的资料证据，所以以上问题至今没有一个令人信服的答案。

龙 虎 山

[元] 揭溪斯

南溪流水是闽山，北阻重岩出汉关。

自领名山司洞府，别开真境近人寰。

池台如在琼花里，门巷多从翠竹间。

把酒题诗须尽日，人生最乐是幽闲。

上清镇：千年古镇韵犹存

桂郁良

　　走进上清，古镇犹如一幅古朴典雅的历史画卷。这里演绎着中国道教一千九百多年的历史。自东汉中叶，第一代天师张道陵在龙虎山结庐炼丹，创立道教以来，张天师在上清镇承袭道统，流传63代，上清镇因此成为中国道教传播和发展的中心。

　　位于镇东的大上清宫，素有"神仙都所"、"百神受职之所"之美誉。洪太尉"误走妖魔"，《水浒传》108将从上清宫镇妖井自天而降，谱写了惊天动地的一页。坐落在镇中央的天师府是张天师起居之所，享有"南国无双地，西江第一家"之称。天师府始建于宋代，现存的建筑多是清代乾隆、同治年间重修的，规模宏大，雄伟壮观，是一处王府式的建筑群。院内古樟参天，浓荫匝地，清静幽雅。天师府内有一石碑尤其值得一提，

这就是元代大书画家赵孟頫撰文并书写的"道教碑"，又称"仁靖大真人张留孙碑"，是元代天历二年（1329）所刻。这座碑的碑文字体方正，秀俊大方，

沉着而不失活泼，潇洒而不飘浮。碑上的字早已印成一本字帖，为学赵体行书的范本之一。

上清镇风景秀丽，人杰地灵，英才辈出，民风淳朴。古镇商贾骚客云集，青山峻岭争妍，河流瀑布竞秀，古风古韵犹存。

宋代教育家、理学家陆九渊在上清应天山创办象山书院，成为中国历史上四大书院之一。一代忠臣名相——明朝首辅（宰相）夏言的故里在上清桂洲村，他与奸臣严嵩斗智斗勇的故事至今仍在上清广为流传。徐霞客、王安石、曾巩等历代名人曾在上清留下足迹，写下诗文。元代大医学家朱丹溪在上清为百姓治病，百姓为纪念这位医术高明、医德高尚的一代名医，曾建庙宇长庆坊。沿泸溪河三里长的吊脚楼，历经风雨；古街青石铺路，商铺林立，明清建筑工艺精湛；官家府第，门前石匾上刻有门联，大多描绘古镇秀丽的风光，更显浓厚的文化气息。

如果说吊脚楼是上清古镇民居的一大特色的话，那么沿河码埠则是上清古街的另一道风景和繁华历史的见证。

上清古街，临水而建，先人建房时考虑到饮水、洗衣以及船只停泊的便利，每隔二三十米，便建有码埠。码埠用青石砌起石阶，河边用长条麻石砌成扇形埠头。古时上清镇河运发达，河面船帆来来往往，货运繁忙，山货源源不断地运往外地。

上清古私宅建筑工艺考究，而且融入了浓厚的民情风俗。

宅第大多坐北朝南，砖木结构，雕梁画栋，粉墙黛瓦，高翘的马头墙，几进的厅堂，天井居中，庭院栽种花草，颇有徽派建筑特色。徽派建筑大多是黑瓦白墙，白色的墙壁经岁月的熏染之后，就像一幅美丽的水墨画。

泸溪河源远流长，流淌了千年，依然那么清澈，那么平静。

道祖老子在《道德经》里写道："上善若水。"他说水如大道，圣人如水，重在无为，贵在不争。不争名，不争利，不争强好胜。水随方则方，随圆则圆，随遇而安，甘处卑下，甘守低洼之处。效水而行，从善如流，乃修身养性第一要务。水以柔克刚，滴水穿石，顺其自然。处理事务时，要像水一样，润物无声，胸怀宽广，海纳百川。

以水为镜，古镇人注重修养，崇尚文化，淡泊名利，宁静平和，在青山绿水间怡然自得地生活。

在上清古镇入口处，有一棵古樟，据说是唐高宗武德八年（625）上清建镇时所植，已有一千三百多年历史，至今依然那么挺拔、茂盛。古樟像一位慈祥的老者，守候着自己的家园，述说着古镇的沧桑。

如今，上清古镇的明清建筑和古店铺古风依然，显示着古镇的发展、繁荣以及浓厚的道教文化和淳朴的民情风俗，吸引着中外游客纷至沓来。

天师府寻踪

齐　峰

天师府内的古建筑、古楹联、古石碑和古樟树，无不显示出这座道教祖庭丰富而厚重的历史与文化内涵。

天师府是历代天师的起居之所，坐落于上清古镇中间，面对琵琶峰，门临泸溪河，是一处王府式的建筑群。天师府始建成于宋代，现存的建筑多是清代乾隆、同治年间重修的。整个府第由府门、大堂、后堂、私第、花园等构成，规模宏大，雄伟壮观。

府门塑有一对石麒麟，正门一副抱柱楹联赫然在目："麒麟殿上神仙客，龙虎山中宰相家。"笔迹秀雅清丽、端庄大方，乃明代大书法家董其昌所书。上联是说天师的祖先是汉代的张良，在麒麟殿上会客，后来成了神仙；下联是说天师的地位相当于一品宰相。府门上悬一匾额，上书"嗣汉天师府"。这匾额是清朝乾隆皇帝所题。这是说，张天师是从汉朝开始，历史多么悠久。

进入天师府，但见整个院落坐北朝南，十分宽阔，一条笔直的道路向前延伸，东有假山花坛，西有幽篁竹林。来到二门前，有抱柱楹联："道高龙虎伏，德重鬼神钦。"此联意为历代天师道高德重，使龙虎伏拜、鬼神钦敬，也表明天师道的教理教规对信徒提出的修道养德的要求。

二门之内便是深宅大院。院内古木参天，鸟语花香。进三门，入私第，在横批"相国仙府"门楣之下，书有一副"南国无双地，西江第一家"的对联。对联既表明天师府是一方洞天福地（龙虎山为道教第二十九福地），又显示出主领江南道教的天师府的历史地位。西江，泛指江南，与南国同义。据史料记载，第4代天师张盛从汉中迁还龙虎山后，从此子孙世居不变，到新中国成立前共嗣传63代，形成代代相传的家族世家，在我国历史上唯一能与孔子世家相提并论。因张天师家族谱系完整及地位显赫，故有"北孔南张"之说。

三省堂殿内翠绿太极圆盘石，是张天师迎送止步的地方，故称"迎送石"。殿中塑像，中为祖天师张道陵，他手执宝剑；左为30代天师张继先，右为43代天师张宇初。

30代天师张继先就是《水浒》开篇第一回"张天师祈禳瘟疫，洪太尉误走妖魔"中所写的虚靖天师。

施耐庵笔下的虚靖天师虽然神化了，但虚靖天师确有其人，并且是当时一位有名气的词人，在历代天师中具有很高的威望。他自幼聪颖过人，9岁嗣教，12岁应诏。宋徽宗问："卿居龙虎山，曾见龙虎否？"张继先说："居山，虎则常见，今日方睹龙颜。"

43代天师张宇初也是一位才华横溢的文人，他著有《龙虎山志》10卷和《岘泉集》20卷。

院内有一块古石碑，碑文是元代大书家赵孟頫手笔。虽然经过了近七百年的风侵雨蚀，石碑上的楷书字迹仍然清晰可见。此碑是第36代天师张宗演的弟子、元代盛极一时的"玄教"创始人张留孙的墓碑。碑名为《仁靖真人碑》，是赵孟頫遵旨书写，以表彰玄教大宗师、大真人张留孙之德。全文共1639字，详尽记载了张留孙的家世和生平业绩。世称此碑为"南碑"，具有极高的书法艺术价值和史料价值。

天师府内数十棵古樟树是天师府独具特色的一个景观，这些古樟树的树龄小则600年，多则800年以上，很多古树有几人合抱之粗。千百年来，天师府内的建筑物或因朝代更替或因

兵燹毁损，明早期的建筑物保存下来的并不多见，但这些种植于明代的古樟树却顽强地生存下来，根深叶茂，引来百鸟啁啾。

如今，天师府内香烟缭绕，氤氲着浓郁的宗教色彩；道教乐曲缥缥缈缈，弥漫着祥和的文化气氛。而一棵棵遮天蔽日的古樟树，似乎在告诉人们，道教在中国有着多么厚重的历史渊源。

"心学"诞生地——象山书院

陈炎诚

贵溪的象山、长沙的岳麓、金华的丽泽、庐山的白鹿洞为南宋著名的四大书院。它们在中国古代教育史上居重要地位，影响很大。四大书院江西有其二，白鹿洞书院一直办在庐山南麓，象山书院则迁建多处。从南宋至清末，象山书院在贵溪共迁建五处，金溪县也曾建造一处象山书院。

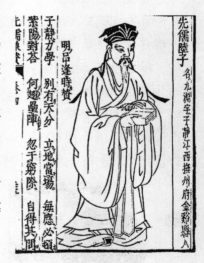

应天山象山精舍

象山精舍的开创者是陆九渊及其门徒彭世昌，象山精舍为象山书院的前身，地址在江西贵溪上清镇东南的应天山。

宋淳熙十四年（1187），彭世昌来贵溪寻访老朋友，一日登应天山，见"陵高而谷邃，林茂而泉清"，于是便与诸友商议，准备结庐延请陆九渊上山讲学。宋代书院炽盛，尤其是在这段时间，岳麓山书院在1165年由刘琪重建，庐山白鹿洞书院于1180年由朱熹修复，均聚徒讲学，名闻遐迩。陆九渊此时因论奏政事，被贬归乡里，以祠禄闲居，便产生了强烈的办学念头。在彭世昌的恳请下，1187年，陆九渊来到应天山。他见应天山形"宛然巨象山"，便易应天山为象山，自号象山翁，居所称象山草堂，讲学处为象山精舍。

陆九渊（1139—1193），字子静，号存斋，江西金溪青田人，南宋时期著名的教育家、哲学家。他的主观唯心主义理学与朱熹的客观唯心主义理学长期争论不休，不能统一，成为理学的两大流派。陆九渊与朱熹齐名称"朱陆"。他又与兄陆九韶、陆九龄并称为"三陆子之学"。陆九渊在象山讲学，被学者称为"象山先生"。陆九渊在象山精舍既是其讲学盛时，亦是他的"心学"思想体系完成时期。

陆九渊规定了象山精舍的办学宗旨是"明理"、"志道"、"做人"。其"做人"包括三层含义：一是做一位堂堂正正的人，二是做一个能"备道"的圣人，三是做个"无所不知无所不能"的"超人"。

为了实践自己的办学主张，陆九渊在象山精舍采用了多种教学形式，运用了一些与众不同的教学方法，严肃认真地升堂

应 天 山

[宋] 陆九渊

我家应天山，山高数万丈。上开园池美，林壑千万状。

山西有龙虎，烟霞耿相望。寒清漾微波，暖翠团层嶂。

天光入行舟，野色随支杖。吾党二三子，幽赏穷清旷。

引兴谷云边，题名岩石上。碧桃吹晓笙，白鹤惊春涨。

一笑咏而归，千载犹可尚。

讲学，"从容不迫"地讲课，"终日不倦"。"音读清响"的语言，富有启发的讲解，学子"无不感动兴起"，"感激奋砺"。在日常教学中陆九渊还采用颇似禅宗"机锋"的谈话教学，要求门徒有切己自反、改过迁善的自我修养，在指导学生读书时侧重精专创新，并率学生寻访山川名胜，陶冶情操，开阔视野。应天山"苍林阴翳，巨石错落"，风景十分优美。虽然学子来应天山象山精舍求学，路途遥远，交通不便，困难很多，但陆九渊以他的博学卓识吸引了许多人。象山精舍平时就读的学生约百人，五年中先后来求见问学者"逾数千人"。

三峰山象山书院

陆九渊在象山精舍历时五年，绍熙二年（1191），他奉诏知荆门，临行嘱托傅季鲁代为主掌，并望其将精舍扩成书院。陆九渊不久去世，象山精舍日渐衰落，但他倡导的"心学"，适应封建统治阶级的需要，得到朝廷的赏识，赐陆九渊"文安"谥号。为了缅怀先贤，弘扬陆学，陆九渊的高足弟子杨简的得意门生——江东提刑袁甫，巡视贵溪之后，以应天山交通不便为由，上书朝廷，将象山精舍迁建于贵溪县城河对岸的三峰山下徐岩。宋绍定四年（1231）破土动工，该年冬书院落成。院内有祭文安（陆九渊）、梭山（陆九韶）、复斋（陆九龄）三先生的祠庙一栋，学生的斋舍百楹。绍定五年（1232），得诏赐"象山书院"匾额。象山书院日益兴旺，盛况空前。

元代，书院未曾修葺，几近销声匿迹，一片荒凉。明成化二十年（1484），皇帝命再度修缮象山书院。正德、嘉靖年间，是明代书院发展的高潮，象山书院也进入了它的繁荣期。明代著名文学家李梦阳在担任江西提学副使期间，亲临贵溪对象山书院进行大规模的修整。明正德五年（1510），武宗皇帝诏刻刚劲隽永的"象山书院"四字。石刻在西峰峭壁之上的14多米高处，每个字1米见方，是480多年前的遗迹。至今中峰陡壁上，尚残存正德七年（1512）夏言瞻仰、桂恭讲学的阴文石刻，反映当年书院盛况。以后夏言中进士，曾升任礼部尚书、武英殿大学士，一度官至首辅。他在书院开凿石井，解决师生饮净水问题，复又于书院附近建造象山草堂和三峰亭，作为读书场所。

明万历七年（1579），张居正一度废毁全国书院。次年，象山书院奉例废除，财产充公，变价出卖。不久，知县伍袁萃捐资赎回，改为象山祠。

明代的三峰山象山书院，作为陆派的教学基地，在传播陆学、交流学术、培养人才方面，起到了继往开来的作用。在江西，它与白鹿洞、鹅湖、白鹭洲书院齐名，曾为江西四大书院之一。

万安山象山书院

三峰山象山书院自改象山祠后，过了一百六十多年，乾隆十年（1745）知县彭之锦欲另辟讲学之所，便在贵溪城西巍峙溪旁万安山之万安寺废址上拓基建房，恢复了象山书院。书院恢复之初，"慕学者骈肩累迹，席不能容"。

梅花墩象山书院

清嘉庆十五年（1810），贵溪士绅提议，邑人捐资，将梅花墩义学旧址建新舍，初名"景峰书院"。儒生们恐"先哲教泽，久而淹没"，于1813年联名上书，不久获准，象山书院得以复名。

旧当铺象山书院

咸丰年间，因兵灾梅花墩之象山书院房屋遭破坏。同治二年（1863），知县周葭浦重建书院。他购下城东旧当铺，在原址上建起了文昌宫、讲堂等建筑物。事成之后，县志载其为"气象一新"。

金溪象山书院

金溪是陆九渊的故乡，为了纪念这位著名的思想家、教育家，1233年陈泳之在县治之西建造一所象山书院，礼聘陆九渊的门生傅季鲁主教，一时学生甚众。

应 天 山
[元] 虞 集

象山何崔嵬，先哲昔爱之。循麓得清流，良田屋参差。
似是桃源人，鸡犬相因依。粼粼白沙曲，奕奕丹膴施。
泠水自天来，杂花散玗琪。所以上方士，悠悠系遐思。
丹霞炫金壁，清露在茅茨。海岛陋徐福，幔亭卑武夷。
仙者自有道，黄鹄时往来。

大唐遗砚

牧 雨

> 余江有巨砚，源自盛唐，藏于一小村。偶遇之，
> 心绪万千，遂作文以记。
>
> ——题记

笔墨纸砚中，最不起眼的就是砚吧。一幅书画挂于堂前，人们所阅多为作者运笔的技巧，或肥或瘦，或枯或盈。内行点的，可研判出兔狼之毫、墨质的优劣及纸张的生熟，犹如审视一位女子，是出身官宦世家，还是源自山野民间，其中学问很大。

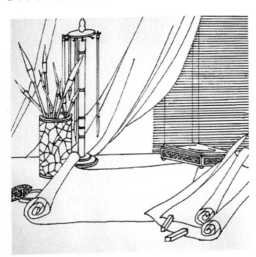

但是砚呢，有谁记忆那方最初承载作者万千情思的砚呢？倘若这砚质地原本就平凡无奇，又非名家雕琢，那么，被沉沦被埋没的命运便在劫难逃了。我要说的这方砚，就是遗落在余江偏僻山村的一块巨砚，唐代青石砚。

最初知道这方砚，是年少时在《余江县志》读到的。上面记载："流散文物中，罕见的数马荃乡五峰倪家的唐代巨砚（长77厘米、上端宽54厘米、下端宽69.5厘米、厚16厘米，底窄面阔，近似椭圆盆形，重二百余斤）。砚面边沿与四侧有宋元时期题刻17条，留下47人的名字。"县志扉页还配有石砚彩照。或许是照相时的角度问题，那砚看上去竟显笨拙丑陋，颜面发黑，毫无光泽。据传，倪氏先祖曾在唐代朝廷为官，砚为宰相房玄龄所赠，后来这位先祖奉命镇守吴越，便在鹰潭一带繁衍生息，开枝散叶，砚便随之落户于此了。由此看来，此砚虽质地淳朴，不似端砚、龙尾砚那般声名显赫，但也算出身王侯之家，倪氏后人当视之为珍宝，供奉若神物，毕竟，它承载了倪氏家族千百年的风雨变迁，是一本不墨之传、无字之谱啊！

但是，当我真实地目睹、触摸到这方唐砚时，却不由得伤感而愠怒了！

那是不久前，我和几位同事正巧去五峰倪家搞一项调查，便特地向同行的镇干部提出要看石砚。倪家村群山环抱，古意盎然，雕梁画栋隐约可见，青石小巷曲折蜿蜒，我想，那砚能寄身于此，也算是一种幸运吧。镇干部七拐八弯领我们进了一家小院。原想存放古物之处当宁静端庄，不料屋内竟人头攒动，两三桌麻将正"哗哗"作响，"七条、四饼、杠、七星自摸"之声不绝于耳，场面颇为壮观。男男女女们酣战不已，根本没人答理我们这些朝圣者。镇干部说明来意后，一名中年男子才不情愿地起身，拿钥匙捅开后门，嘟嚷了一句："这有啥好看，一块破石头，又不值钱。"随后他转身离去。

历史之门瞬间开启，我终于可以一睹她的神奇面容了。她在，却并非被供奉于几案之上，而是被随意弃置在水泥楼梯下一个阴暗的角落里。旁边是农村常见的木制尿桶，黄褐色的尿液刺鼻难闻，且地面潮湿一片。显然，这是男人们小便时为赶搓麻将而留下的杰作。楼梯间内蚊虫纷飞，蛛网四结。我不敢相信自己的眼睛，这就是她所生存的地方吗？被冷落，被摧残，被凌辱了的唐砚啊！

我压抑住内心的伤感，小心翼翼拭去石砚上的灰尘，开始仔细端详起来。

正如县志记载，砚重一百多公斤，非两人不可挪移。试想，倪氏先祖将她从长安一路带至江南，不知要花费多少精力。石砚左侧明显有一条裂缝，据说"文革"期间，此砚被遗弃在牛棚里，充当垫脚石，后来知青们又用来磨锄头、刮铁耙，久而久之便有了这条裂缝，砚也不复完美如初。那样的年代，又有多少完美之物可以保存呢？砚上铭文刻记密布，因为光线太暗，我便向主人借来电瓶灯，跪伏于地，想要探寻这些文字最初的秘密。但或许是年代过于久远了，许多铭文已模糊不清，如同蒙了一层面纱。右侧砚埠上有一段文字，大约是记载此砚来历的，我古文不精，无法甚解，只有对砚汗颜了。右下侧几款题名却清晰可见，为"张勉、钱秉之、范直方题，大宋绍兴甲寅"。张勉、钱秉之是谁我无从考据，但范直方无疑便是北宋名臣范仲淹的曾孙，曾任刑部员外郎，以性格诙谐著称，有关他的趣事在《笑林广记》中是有记载的。石砚左侧为"邵子厚、欧阳林、李杞林"三人题名，落款为绍兴元年大寒。邵子厚时任福建节度使，其曾祖父便是北宋易学大家邵雍，当时与苏轼齐名，著有《皇极世经》，可以说是算命先生的老前辈了。左下侧还有"初寮道人"

一铭。后来的考证表明，"初寮道人"即北宋晚期著名宫廷词人王安中。王安中，字履道，山西曲阳人，元符三年（1100）进士，曾学于苏轼，筑室名曰"初寮"，著有《初寮集》，其中八卷存《永乐大典》，《初寮词》一卷存《全宋词》中，靖康后连遭贬谪。我想，这个题名应该是他遭贬后所为吧。

当然，还有许多题刻，由于时间仓促，我没能看清，亦无从考证了。但我想，有资格在这方唐砚题名的，应属当时之才俊，倪氏祖先们断不会允许凡夫俗子之流随意刻记于上的。

昏暗中，久久凝视这方唐砚，我心头有了千千之结。我痛惜于倪氏后人对于祖传文物的冷漠与亵渎，哀恸于她的沦落与凄楚，仿佛一位大唐宫女，流亡到了民间，憔悴了丰润的脸庞，褪却了青春的胭脂，被岁月风雨磨砺成了一介村妇了。设想当年她在长安城内是何等受人器重，即使到了倪氏先祖那里，也还是引来了无数文人墨客的眷顾，为何单单现在就落败了呢？

此时，另一个巨大的问号也随之浮现在我的脑海。县志记载，砚面题名共 47 人，而南宋题名占绝大多数。此砚源出繁盛之极的大唐，自盛唐而南宋，相距已逾五百年之久，为何只到南宋才题刻丛生？我百思不得其解。突然，目光无意中落在了砚面"绍兴甲寅"这四个字上，心头便不由得一震，竟豁然明白其中的含义了。推算起来，绍兴甲寅亦即公元 1134 年，此时历史已忧伤地进入了南宋时期，离"靖康之耻"已过八年，距岳飞被害也正好还有八年，南宋小朝廷上坐着的仍是昏君赵构，半壁江山早已落入金人之手，且时局仍然动荡不安。面对这方大唐遗砚，范直方、邵子厚们翘首长安，北望中原，如何不会感慨大唐雄风已逝，如何不发追昔抚今之情？然而，朝廷腐败，抗金无能，即便是英雄亦无用武之地，所以，他们只能睹物思情，只有借砚抒怀了。

我的心忽然异样地沉重起来。唐代名砚稀少，制砚工艺还未成熟，房玄龄墓中出土的亦不过几方陶砚，故他所赠之砚也只能是普通的青石砚。然而，正是这看似平凡的青石砚，竟承载了南宋士子们光复中原还我河山的瑰丽梦想，寄托了后来者如此悲愤激越的故国情怀。她坚韧、执著，披一袭风雨自大唐一路走来，留给世人嫣然千古的微笑，含泪的微笑。我分明已听到她不死的心跳，感受到了她历经磨难、备受屈辱后依然多情而深邃的目光了……

砚如玉，通人性。古人曾作《石虚中传》以赞砚："器度方圆，中心坦然，若汪汪万顷之量……哀玄化之精英，露斯文之圭角，凛若通才，屹然雅操。"石砚之高洁尽显。我想此文用在这方大唐遗砚身上，是再恰当不过了。只是，让如此奇砚受虐于囹圄之中，被辱于槽枥之间，实为今人之过也。

我想，如果时光可以倒流，那么，让她逾山越水重返大唐、重返长安吧，那里，才是她温柔的故乡……

笔走鹰潭商代窑场

杨西海

　　鹰潭市有一古陶窑，名曰角山窑场。

　　己丑新春，风和日丽的一个星期天，市民间文艺家协会数人慕名前去采风。

　　乘汽车，过街市，沿公路，越桥梁，穿涵洞，东行七千米，我们到达月湖区童家镇大塘村委会徐家村。放眼环顾，蓝天白云，满山遍岭，树木抽嫩芽，百花吐艳，万紫千红；池塘河溪，碧

水涟漪，相映成趣。新村新貌，房屋楼台、亭阁廊榭，错落有致，恍若人间仙境，此便是鹰潭商代窑场所在地。

先听古。我们团团围坐在村主任家中，主妇为我们每人沏茶一杯，八十余高龄的主任之父为我们讲述了好几则有关角山陶窑的故事。品茗听古，杯杯入口，清香扑鼻，津津有味，句句入脑，娓娓动听，心爽神怡。

再登山。山脚水井旁绿茵上，一块碣石赫然入目，此为角山徐姓先人之一状元碑座遗物。

山腰间，一排排一幢幢旧屋，空空如也，屋的主人们，均因盖了新房统统迁居了，故又成了现代之古迹。山上松樟参天，春草盖地，青石铺路，木屋点缀其间，纯一派江南乡野气象。

过古桥。久雨初霁，泥泞路滑。我们缓缓走过引桥田间道，立在童家河七孔桥上，静听河里潺潺流水声，如瑟如歌。

后临水。暖阳高照，春风微拂。池塘内，碧波荡漾。堤岸上，钓者列坐，鱼竿交错，如诗似画。

问老者："一日内，能钓多少？"

老者摇头，继而答道："我钓鱼，鱼也钓我，无势利之心，也无奢求之意，以平常之心，平等待之。"

寥寥数句，境界大出。

问中年，笑而回答："钓青山，钓绿水，钓风钓雨钓日月，个中趣味，不言自知，虽未获，即大获也。"

微微之辞，深藏禅意。

谢过二位垂钓者，喜往窑场遗址观胜迹。

此处面积达三万平方米，是一处大规模的商代中晚期窑场，算来已有三千六百余载，乃华夏大地之稀。据言，1982年文物普查时发现，历经 1983 年、1986 年、2000 年三期发掘，发现窑场遗址已形成 40 至 120 厘米厚的窑业堆积层，共出土器物七百七十余件，绝大部分为陶器，其中有少量石器。在仅发掘的四百平方米内，就发现数座馒头窑。同时，还发现马蹄形窑与龙窑，这在国内商代窑址中尚属首次发现。它之发现将中国原始瓷器的出现提前了一千多年。出土的几十件陶垫在国内窑址中也是罕见之物，我们在窑场旧址上，仍处处可见器物残片一堆堆一垛垛。

童家河从窑场间穿越，直贯通信江。

我想，此角山原本该属崇山峻岭，柴木充足，燃料富裕，加上土质适宜烧陶冶瓷，难怪先人们会在此建窑冶炼，成品当然是利用童家河，经信江，水运至外埠销售的了。

雨中访曾村

宋 斌

　　"一帘雨，半庭烟，残歌逝影送飘绵。"这是我三年前游贵溪耳口曾村时所写的句子。记忆中，那是一栋依山而建，顺山而起，高墙飞檐，气势逼人的深宅大院，而蹲立于门前的六个如石臼般的旗台，则在无声地讲述着一支发溯于北宋著名文人曾巩的后人余脉，曾经在这座古宅大院里，繁衍过一个显赫族落的荣光……

　　当我们信步沿着长满野草和小花的石板路，踏过那及膝高的门坎，走进曾家古村的时候，雨就开始绵绵地下了。那薄雾般的雨丝，在萧然的尘光中飘摇如梦，弥散如烟，仿佛那似曾相识的前世今生。脚步，不知不觉地便轻了下来；心，也被牵

引出一丝丝剪理都乱的情绪，隐隐的是怀想，淡淡的是忧伤，潜滋暗长的，是一种看不清来时去处、归时来路的怅惘……

　　我无意去欣赏和关注这群明清古民居子遗的墙与瓦之间的堆砌，木与石之间的结合，只是沿着蔓延的绿苔，如梦游般穿行在那被古老、静默的砖墙所包围的偌大庭院。穿廊，过户，一扇扇古旧的门被我们推开，伴着沉重而悠扬的"吱呀"声，一段段明清时光扑面而来。尘世的轮回在这里好像瞬间凝固，甚至那些布满了灰尘和风霜的农具家什，依旧不经意地散落在各自的角落，落寞着一种寂寥的美。漫步其中的我们，仿佛行走于时空的幽暗长廊，匆匆地阅读着昔日的族第繁华，幽幽地聆听着尘世的风吹雨打……就

这样，追着穿透岁月的飘雨，我们一个院落一个院落走过，偶尔驻足，细细地拂触着那些雕琢精美的窗棂，那些古老的雕花窗格，隐隐透出先人的目光和叹息……梦晓还顾堂前影，寂寞了太久的他们，是否还在追忆着属于他们的时光？

　　一路的曲折回环，错落延伸，仿佛诉说不完的心事。

　　终于，在一间房子里，我们看到了住人。那是一位老人，独坐于暗角，贸然闯入的我们有瞬间的惊诧，而被打扰的他，却只是欠身无言地看着我们，一脸的木讷平和。也许，这位老人也如这栋老屋，早已明悟所有匆匆的来去都不过是一段流逝的时光，而阅历太多的他和它，已经很难再为时光的微澜而动容。

　　过客的我们终于要走，最后一次回眸，烟雨中，曾村依旧沉浸在一片青灰的色彩里，仿佛一个从来没有被人惊扰过的旧梦……

走进"进士村"

熊长胜

在上清镇的历山村委会曹山卢家村中，有一座宋代门楼，砖石结构，呈八字形，中开一门，门上方有石额，上镌"理学名家"。门楼虽谈不上高大气派，却显示这里曾经有读书人中过举人或进士。

查证一个地方的历史，书本上的材料固然重要，倘若能找到一些不可移动的文物，又有古人在当时活动地域所留下的历史遗址，更能给后人带来浓烈的情绪感染力。

从卢氏厚重的宗谱上可以看到卢姓迁徙的足迹："起始公玉溪早在唐宋年间于此建村，称之卢坊。卢氏世居山东济南府济阳县西卢家庄。至唐，东美公为御史大夫，出镇信州。"其中提到的唐宋年间，跨度太大，年代含糊。唐武德八年（625），朝廷在晋兴乡下的沙湾与城门之间设雄石镇，驻兵把守。

永泰元年（765），贵溪建县。到元和年间（806—820），中进士的卢范、卢贞、卢侗，注明他们的籍贯是贵溪县南乡卢坊人，可见卢姓是建县后迁来的。在雄石镇任过镇遏使的先后有琚瑗、叶凯父子，到龙纪元年（889），倪亚出任雄石镇镇遏使，有个叫卢立的在雄石镇担任副将。"卢立，字绍之，唐咸通十四年（873）择贵溪县南七十里石港山而居，属石港地之始祖。"卢立从卢坊迁石港山，16年后，自己出任雄石镇副将。卢姓先由卢坊迁石港山，南宋时再迁往现曹山。北宋中进士的有卢承庆、卢君、卢航、卢正、卢先、卢同六人，其中任过工部侍郎的卢航，墓葬还在石港山。南宋时，卢姓中进士的十多人。他们的籍贯均为贵溪卢坊人，也许是不忘祖上对始迁村落的命名，或者是当时人烟稀少，卢坊就是一个地域的名称。

考中进士，进入仕途，自然是读书人的追求，是件光宗耀祖的事，立门楼就显示出村落的名气。但那些进入仕途的进士，有的任翰林院国史修撰，有的任县里的县尉，都未曾留下什么让后人传说的事，宦海沉浮、祸福相伴，他们自己也难以把握。留下记载的反而是那些淡泊名利的人，卢孝孙就是其中一个。卢孝孙，南宋嘉泰二年（1202）进士，中年居官，屡因言事忤触权奸，不违意志，退而杜门，取窗前隙地种竹、疏池，构书院，书院命名为玉溪书院。要说官职吧，卢孝孙的职务也不小，居太常少卿。而他在乡间寻找自己的乐趣，在书院与诸生讲论，书院很有名气，历经元、明、清三朝。

玉溪书院远近闻名，不少文人慕名前来游玩，明代贵溪诗人王增佑到卢坊，看书院，观景色，写下了卢坊八景诗，其中"卢坊山水真绝奇，山环水绕连金溪。地灵人杰已非昔，遂将八景分拆题"既写到卢坊的景色，又抒发了自己景仰前贤的情怀，以及对往事的感叹。

时过境迁，玉溪书院的遗迹已无法找到，只有那立在村中的"理学名门"门楼，让人想象到当年那举子们上京赶考的场景和走马上任的荣耀。在曹山村边有一片竹林，林中还能看到残存的墙基以及几株棕树，不知卢孝孙当年是否在此构书院，种竹子。人们不再通过书院去十年寒窗了，但书院的时间之长，文人墨客前来寻踪的美谈，却是家喻户晓，问及村民，无不对书院津津乐道。

唐代独具个性的作家吴武陵，宋代"心学"创始人陆九渊，明代首辅夏言，汲汲于养民的徐九思，水利功臣徐贞明，元代著名画家方从义……古来圣贤多寂寞，但愿身后留其名。这一个个或熟悉或陌生的名字背后有很多值得我们探寻的故事……

拜访古代先贤

鹰潭市明代进士名录

年　代	姓　名
洪武年间	叶孝友　李原埜　李源深　王良弼
永乐年间	汪璧明　姚原立　江　殷　裴德泽　王增佑　吴　辀
宣德年间	李应庚
正统年间	刘　益　刘　沫　叶　禄
景泰年间	高　明　李　直　吴　立　周　鼐
天顺年间	邵　震　辜　颛　郑　节　毕　瑜　江　璞　刘　烜
成化年间	刘　嶽　周　璁　姚文灏　詹　玺　姜　寿　蔡　辅　官　昶
弘治年间	徐　泫　李　祚　杨　泮　夏　鼎　刘　麟　江　潮　姚　琳　姜　桂　毕济川　舒　晟　于　聪　江良贵　徐　盈
正德年间	张　钺　毕济时　李文华　宋应奎　杨　濂　桂　萼　张　琥　黄　初　江良材　汪　金　詹　晨　詹　昇　周时望　周　忠　陈　焕　夏　言　汤惟学　商　爕　叶桂章　方　缙　江汝璧　丘九仞　丘民范　吴　琢
嘉靖年间	江以朝　江以达　裴　近　杨育秀　丘汝良　汪　似　何天启　徐　樾　毕竟容　汪　俅　吴　春　吴元璧　毕竟爕　陈其乐　徐光启　张　相　周舜岳　郑　栋　周一经　徐贞明
万历年间	姚士观　邵伯悌　朱星耀　毕三才

走进陆九渊后裔古村落

程永胜 吴 郡

在龙虎山风景区管委会至上清古镇的途中，有一座不算高的山，名西源山，山脚下有一个现今只有两百多人的村庄——西源陆家村。这个村庄可有一定的年头，是南宋著名理学家陆九渊后裔世代所居的地方。

据史料记载，陆九渊生于1139年，卒于1193年，南宋金溪县人。他曾讲学于象山，即应天山，人称"象山

怀 象 山

[宋] 朱 熹

川原红绿一时新，暮雨朝晴更可人。

书册埋头何日了，不如抛却去寻春。

先生"。陆象山是与朱熹双峰并峙的理学大师、中国"心学"的创始人。明代王阳明发展其学说，造就了中国哲学史上著名的"陆王学派"，对近代中国理学产生深远影响。

今年6月，笔者走进陆九渊后裔古村落，探寻古风。

陆九渊之孙迁居龙虎山脚下

为了解西源村的来历，笔者要求翻看有关史料。热情的村民捧出了两大本厚厚的古装版族谱，并为我们仔细地讲解。

据族谱记载，陆贺生六子，幼子九渊，其兄弟分别是陆九思、陆九叙、陆九皋、陆九韶、陆九龄。其中，陆九韶、陆九龄也较有名，与陆九渊被合称为"三陆"。

陆九渊之孙陆溥，授弋阳县令。陆溥淡泊名利，挂印辞官，途经仙岩，爱其山水，定居仙岩，移居平地，始为仙岩陆氏。陆溥之孙陆文广曾任浙江会稽令。时元兵南侵，南宋危在旦夕，文广伤感时事，避元兵隐居西源山。

从此以后，陆氏在此地繁衍生息，便有了西源村。

笔者在对陆九渊颇有研究的薛清和的引领下，来到西源村。他说西源村目前仅存三件宝物，能说明它的悠久历史以及宗族的来历。其一是门楼，其二是宗祠，其三是族谱。

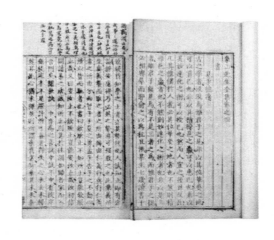

门楼朝南而建，呈八字形展开，为木质结构，约两三米高，上盖有瓦片，为三间三进。薛清和介绍说，门楼是家族公共活动场所，也是家族标志性建筑。每逢重大活动，如婚丧嫁娶，都要经过门楼，或在此举行重大仪式。

笔者看到，门楼有18根粗大的柱子，每根柱子上都书有楹联，总共是9副楹联。楹联与家族地位或理学思想有关，如：西江三陆地，南宋一儒门；一家兄弟学，万古圣贤心；名贤世家、千古儒宗、理学世家等。

在门楼前面，至今还留有几个麻石旗杆墩，古时若族人有

初夏侍长上郊行分韵得偕字

[宋] 陆九渊

讲习岂无乐，钻磨未有涯。

书非贵口诵，学必到心斋。

酒可陶吾性，诗堪述所怀。

谁言曾点志，吾得与之偕。

中了进士的，便在旗杆墩上插上红旗，以示骄傲。据说，该村以前有二十多个旗杆墩，这说明该村学风很盛，屡有人中榜。

陆九渊弟子千余

陆九渊曾多次易地任职。如在杭州任国子正兼删定官后，又外放浙江台州崇真观祠禄官，因为是个闲职，无须上班，其学生彭世昌邀请他到应天山讲学。

应天山位于上清镇东北，海拔约四五百米，其形状似一头大象，于是陆九渊亦称自己为"象山翁"。陆九渊在山腰海拔约两百米的平坦开阔处搭建了一座茅草房，在此设坛讲学。据说，陆九渊主要是教授《四书五经》，并传播其理学思想。

在此，先对陆九渊理学思想进行简要的介绍。陆九渊提

出"心即理"的命题，断言天理、人理、物理只在吾心中，心是唯一实在。他认为心即理是永恒不变的："千万世之前，有圣人出焉，同此心同此理也；千万世之后，有圣人出焉，同此心同此理也。"这就把心和理、心和封建伦理纲常等同起来。1176年陆九渊在铅山鹅湖寺与朱熹就认识论的问题展开了一场辩论，史称"鹅湖之会"，进一步阐发

了他"尊德性"和"发明本心"的"心即理"的先验论。

陆九渊的理学思想在当时很有影响力，吸引了不少学生前来求学。许多学生也在茅草房周围搭起了草房，规模渐渐

扩大。据说，陆九渊讲学缺少费用，其妻子、内侄十分支持，妻子变卖嫁妆，内侄张伯强也给以经济援助，共同建起了一座房，这便是"象山精舍"。

有史料记载，陆九渊一生大力发展教育事业，"每天讲席，学者辐辏，户外履满，耆老扶杖观听"，弟子千余，遍布于江西、浙江两地，其中出名者70人，30人考中进士。

赠 化 主
[宋] 陆九渊

学佛居山林，往往仪状野。道人翩然来，礼节何尔雅。

职事方惜惜，言论翻洒洒。安得冠其颠，公材岂云寡。

夏言与象麓草堂

何长生

明代龙虎山值得书一笔的人物，是当地的一位名臣兼诗人夏言。夏言是上清镇桂洲村人，出身官宦家庭，父亲夏鼎曾经任过临清（今山东临清县）知州。

夏言从小性情警敏，擅长诗文。明武宗正德十二年（1517）中进士，后屡经升迁，官至武英殿大学士，内阁首辅。明朝官制不设宰相职位，内阁首辅便似与宰相等同。夏言在朝中为官，刚正敢言，常上书直谏，深受明武宗的赏识。他曾经奉诏裁减京城冗官冗兵3200人，清查官僚富室的庄田，夺还许多民产，敦劝皇帝示范亲耕以重农业，做出较好的政绩，在朝中很有威望。明世宗嘉靖皇帝继位后，朝中情况渐渐发生变化。嘉靖皇帝迷恋修道长生，长达二十年深居内宫，不上朝理政。朝中大臣为了争权夺势，互相倾轧，愈演愈烈。夏言仍刚正自居，渐生骄意，得罪了不少大臣。受他提拔的江西同乡严嵩，勾结因献房中术而大受皇宠的道士陶仲文，暗中在嘉靖面前进谗言诬陷他。嘉靖二十一年（1542），夏言被排挤罢官，回乡闲居。夏言尊奉儒家思想，具有强烈的经世愿望。他从小生活在龙虎山，家居与上清宫和天师府仅二里地，却对道教不感兴趣，与天师没有来往。他罢官返乡后，没有回到桂洲村居住，而是在交通更为便利的贵溪县城三峰山下，在靠近象山书院的地方建了一间象麓草堂，用以自居。

夏言在风景美好的三峰山下居住，并不是追求安乐闲逸，而是钦仰陆九渊的道德形象，用以激励自己，时刻不忘报效朝廷。他经常登高眺望正北方的"三台"（朝廷），说明他丝毫没有退隐之心，盼望的是朝廷重新起用他，继续实现他的经世抱负。三年后，朝廷派了一位名叫李空的御史巡按江西，实际上是暗察夏言的政治态度。嘉靖知道夏言是"白首怀乡，丹心恋阙"后，重新起用他，用于牵制严嵩。嘉靖二十七年（1548），夏言因支持陕西总督曾铣收复河套地区的主张，被严嵩诬陷为"妄启边衅"，遭到喜怒无常的嘉靖皇帝杀害，最终成为封建统治阶级内部斗争的牺牲品。嘉靖皇帝死后，他才得到平冤昭雪。夏言的墓，在现今上饶市的郊区。龙虎山只存有他的父亲夏鼎的墓，在上清镇外的桂洲上。夏言在罢官居乡期间，还为龙虎山的百姓做了一件好事。由他倡导和集资，在桂洲村筑了一道拦洪护田的长堤。长堤自莲霞嘴至象峰墓，长二里许，高二丈余，宽四丈余，以块石护坡，用铁桩固牢脚基。堤外拦住泸溪河的洪水，堤内改造出大片的良田。百姓们称这座长堤为"夏公堤"。夏公堤在清代逐渐倾毁，今已不存。夏言其实也是一位诗人，著有《桂洲集》18 卷。他的诗清新自然，而且有些诗贴近百姓，其中《安丰道中观妇人插田》，历来脍炙人口。诗云：

> 南村北村竞栽禾，新妇小姑兼阿婆。
>
> 青裙束腰白裹首，手掷新秧如掷梭。
>
> 打鼓不停歌不歇，似比男儿更膂力。
>
> 自古男耕和女织，怜尔一身勤两役。
>
> 吁嗟乎！长安多少闺中人，十指不动金满身。

这首诗，宛如一幅生动的民间风俗画，真实地反映了农村妇女辛勤生产的情景。作为富贵高显的上层人物夏言，能为下层劳苦百姓发出不平的叹息，是颇为不易的。

三 峰 亭

[明] 夏 言

象山书院在，千载接芳邻。道德看前辈，衣冠愧我身。
岩扉徐氏旧，崖笔紫阳真。况看吾亭好，三峰有主人。
石壁连屏起，山亭四廊开。参差绿水曲，窈窕白云隈。
枫叶村村赤，群鸥日日来。凭高终极目，直北是三台。

桐源三题

吴建平

寻找高仁

一千两百多年以前，高仁（字宽仁）被朝廷派往遥远的闽地，担任福建观察使。临行时，他的好友颜真卿为他写下了《送福建观察使高宽仁序》。"国家设观察使，即古州牧部使之职，代朝廷班导风化而宣布德意，振举万事而沙汰百吏者也。民俗之舒惨，兵赋之调发，刑狱之冤滥，政治之得失，皆得以观察而行之，其任可谓重矣。"辞行的酒，别有一番滋味在心头，在高仁的内心深处，友情像暗夜里的火把，像风雨中的暖屋。高仁怀着沉甸甸的心情，回头望了望含泪挥手的颜真卿，上路了。

感谢颜真卿，他无意中用文字延长了高仁的另一种生命。尽管在唐朝大历年间，高仁官位显赫，政绩卓著，但是，这些对于历史的长河，无非是过眼云烟，无非是沧海一粟。历史既然承认颜真卿的价值，那么，所有与颜真卿有关的人和事，避免了历史的删除。可以这么说，高仁的名字刻在挚友的翅膀上，飞翔至今。

高仁，贵溪童源人。童源，古称桐源。

一千两百多年以后，春天，天气有些闷热，树叶在鸟啼中发起绿色的冲锋。我站在高仁的墓地。高仁的墓地不在童源村，而是选在离童源十几里远的一个叫做河上坑的山头。放眼四周，绿意盎然，新鲜的青绿踩在去年的浓绿的肩膀上，宛如春天崭新的旗。在众多小山的"拥护"之下，脚下的山面向东北方宽阔的信江，那边，信江河畔，属滨江地带，村舍连绵。习习风中，似乎听到对岸浣衣妇人"啪啪"的捣衣声。民间野史说，当年，高仁选墓地，登临此山，望见信水北岸人丁兴旺，随口说道："此处甚佳，日受千人拜，夜享万盏灯。""日受千人拜"，意指白天跪在码头洗衣的妇女。山坡的一侧，有一大片凹地，形似撮箕，地名"河上坑"的"坑"，大约就是指眼前这个坑。

山上随处可见盗墓者挖掘的深洞，有些洞壁露出残缺不全的青砖。我们发现一块右上角略有破损的墓碑，碑上大楷刻写："大明吴公俊堂之墓。"在这里，我拾到两块墓志铭的碎片。墓碑旁边有一个两米深的洞，青砖裸露。洞口生长野草，用棍子拨开野草，洞底还有几块墓志铭碎片。我跳下去，一股潮气和霉味涌到鼻子里。原来，这个洞呈"L"形延伸，最里面，盗墓者打开牢固的青砖墙壁，洞口刚好能侧身钻进去一个人，进入墓室。因为没带手电筒，我只好终止自己的探究欲望。我们将蛇纹石的碎片拼拢，篆额上的"墓志铭"三个字，清晰可见。正文用楷书刻写，笔势刚劲有力。"幼而淑慎其德，长而不贰其操，端一诚庄……克相夫子妇道。"由以上比较完整的字句推断，墓志铭是为一妇女撰写的。时间是大明弘治十四年（1501），岁在辛酉。江璞撰文。江璞也是贵溪人，成化二年（1466）考取进士，当过广东南雄知府，为当地的盐政改革做出过贡献。几个疑问萦绕我的心头：吴姓的坟墓为什么会葬在高仁也就是高氏家族的地盘？发现墓志铭碎片的墓穴会不会是夫妻合葬的坟墓？"才气英迈"（《南雄府志》）的江璞和墓志铭中记载的那个人物是什么关系？

下山，桂家村口，一个老人蹲在河边洗衣服。经过攀谈，得知他已有76岁。老人告诉我们，多年以前，高仁的墓地有石人、石马和石龟。那时，他还是一个顽童，常常爬在石马上，对着信江河，做着策马千里的梦想。老人还说了一个故事，高仁死后，抓了一个婢女关在坟内守墓，留下小小的通气孔。那女子吃完两缸油和三缸米，就会活活饿死。"孤身一人，墓室里黑黢黢的，她哪有心思吃东西！"老人指了指那个山头，惋惜地说。我忽然想到，这些知道一些旧事或野史的长者一旦过世，还有谁向我们讲述过去的风风雨雨？

"故众皆以位高为宽仁喜，予独以尽职为宽仁勉。所以尽职者无他，正己格物而已，忠君爱民而已。子与宽仁交久且厚，予所以望于宽仁者，岂但在于政事文字之间而已哉？"政务繁杂，世道变幻，赤子心怀天下。颜真卿对高仁掏出了心窝里滚烫的话语，这才是真正的知交！

活在纸上的书院

我很想告诉所有我认识的人，我患了一种病，这种病和桐源有关，具体地说，消失了的桐源书院像一枚细小却又锐利的暗器刺进我的肌肤，影响我的思维和睡眠。当我想表达我对桐源的感受时，大脑里总会冒出"磁场"、"幽香"、"蓊郁"等等词语，我甚至觉得，我的心田开始生长文化的石头。

童源这个村庄，我去过N次，此"去"大多因为稻粱谋。

村里的孩子望见我驾驶摩托的身影，尖声喊道："嘿，送啤酒的。"在内心，排斥"童源"这一规范地名如同我若即若离坚硬的时下。古地名"桐源"哑默于厚墩墩的县志与其他史料，悲凉的意味穿透纸背。桐源是什么时候被强暴被遗失的？桐，是指泡桐、指油桐，还是指梧桐？不管怎样，站在桐源的树林里，大声喊一喊："桐源！"顷刻间，绿色的波涛从时间的上游滚滚涌来。

我看见南宋乾道年间的高可仰了，看见他拓荒筑屋，看见他点亮火把。文献对于高可仰的记载，极吝啬，寥寥几笔。其实也不奇怪，宋代尤其是南宋时期，学风炽盛，各地积极兴办书院。南宋状元汪应辰在《桐源书院记》中直称："书院者，读书之处也。"不胜枚举的书院就像夜空的星辰，史官当然选择最亮的有限的书院之星详细记录。更何况那时，在同一个地方——江西贵溪，陆九渊凭借他的学术实力与人格魅力创办了"象山精舍"（即后来的象山书院），象山文化的烙印深深地戳在历史的胸膛。面对文化的大气候，桐源书院唯有默默地"绿化"本土甚至他乡的求知者，唯有默默地散发教育的馨香。高可仰创建桐源书院的初衷，来源于家族先人即唐代大历年间曾任福建观察使的高宽仁的血脉的影响，来源于家族中经年累月遗留的数量可观的藏书，也不可否认，高可仰希冀宗族及乡人子弟读书仕进，光耀故里，这是人之常情。显赫的家族背景造就高可仰的资金后盾，他将百亩稻田租给佃农耕作，收取租金或稻谷，用于书院的管理与运转。宋末，"覆巢之下，焉有完卵"，桐源书院毁于兵燹。历来，乡野的文化火把有一种呼啸的魂魄。元代，高可仰的孙子惠甫复建桐源书院，元末复毁。明初裔孙高元杰重建，还没完工高元杰忽然去世。宣德年间（1426—1435）元杰的孙子吉昌造屋数十间，重新挂上桐源书院的旧匾。万历三十一年，知县吴继京重修破败不堪的桐源书院，奏请朝廷由裔孙高绍宪主持书院。桐源遗风绵延数百年，倔强的高氏血液，倔强的桐源书院！

明朝成化年间，桐源书院迎来一位面庞清瘦、思想却不清瘦的学者。此人穿着鹑衣，口音颇有鄱阳湖的激荡韵味。理学家胡居仁去弋阳圭峰访友，返回故里余干时，顺道探访桐源书院。胡居仁肯定感知到这个位于丘陵地带的寻常书院背后的不寻常，留下来讲学。一时间，远远近近的求学者络绎不绝。胡居仁目光炯炯，治学严谨；年方弱冠，孝顺闻名。一次，父亲有病，胡居仁亲自尝父亲的粪便，查验病情的深浅。父亲去世后，胡居仁拒绝饮食，形销骨立。"苟有恒，何必三更眠五更起；最无益，莫过一日曝十日寒。"这副曾经影响青年时代的毛泽东的对联，便出自胡居仁的笔下。我呢，更喜欢他的那句治学修身名言："闻人之谤当自修，闻人之誉当自惧。"冷峻的话语像一把善良的刀子刺入骨骼的深处。严于律己的胡居仁为桐源书院倾注了一番心血，蛙声清亮的春夜，桐源的火把格外耀眼。

今天，在童源村，古远的桐源书院湮没无迹。一位上了年纪的村民说，村里原来保留一块刻着"桐源书院"字样的青石，建祠堂时，石匠把这块青石一分为二，砌在门墙上。文化一定要依靠建筑存在吗？文化的精液注定使时间怀孕，雄性的声音响彻古今。有空，去桐源抓一把泥土，闻一闻泥土之中的书香。

故园的叶子

童源是一个很普通的村子，稻田起伏，犹如扇子从左至右徐徐展开。金秋，我曾经询问那些饱满的谷子："高明躬耕的身影让哪些田畴收藏了？"我忘了，谷子已非明朝的谷子。高明的墓地"躲"在村后的山脚下，那座小山确切地说更像大地微微拱起的驼背，杂生松、枫、樟、槠。坟墓无迹可寻，仅存三座石龟和一块两米多高的墓碑，青石碑头刻有二龙戏珠。碑的两面竖排刻字，大部分坚硬的文字让时间当做蚕豆嚼食了。我总想和高明说说话，当我站在苍郁的苦槠树下，我特别想喊醒沉睡的高明，希望他能讲述一些被泥土掩埋的历史真相。回答我的，唯有石碑上漫漶的字迹，唯有头顶风吹树叶的"飒飒"响声。

早晨，起雾了，依稀传来几声牧童催牛出村的嫩音。一犬跃入黄灿灿的油菜花丛，另一犬紧追而至，搂抱翻滚。村口，樟树下，一个衣着洁净、肩背包袱的英俊书生缓缓回头，眼里噙着泪水。"明儿，等一下。"青年身后，一位满头银丝的老太太招手喊道。"娘——"高明转身，快步走回去。雾霭沉沉，湿漉漉的樟树叶子无声地飘落。老太太俯身拾起五六片叶子，其中一片，用手指揉碎。老人将染着青色汁水的指头伸向高明的鼻翼，一股浓郁的略带辛味的香气游进他的肺腑，精神顿时振奋。"孩子，这是故乡的味道。"老太太把剩余的樟树叶子放在高明的手掌里，"想家的时候，闻闻这些树叶吧"。高明的思绪朝深处延伸，母亲更希望他的骨头具备那种朴素的香气！

明朝景泰二年（1451），高明进士及第，官封御史。自秦朝开始，御史专门为监察性质的官职，一直延续到清朝。御史的主要职责，便是反腐倡廉、剔奸理冤、体察民情。肮脏是蛆虫的道路，洁净是清风的道路。有一次，皇家内苑招募能工巧匠打造豪华龙舟，别人装聋作哑，高明直言敢谏，皇帝面有愠色。徐州一平民直接上京城，状告当地官吏作奸犯科。按当时法律，越级告状者充军戍边。农民出身的高明说："戍边的目的是防止诬告，如今，此人句句属实，并非诬告。"高明对申冤者适当地处以杖刑，释放回家。

面对新鲜的阳光，高明无法卸掉双肩的重担，左肩挑着百姓，右肩挑着君主，忧患意识与日俱增。正是这种忧患磨亮了他的眼睛，他望见远方翻滚的黑云。明正统十四年（1449）秋，那年的皇帝不是景泰皇帝，而是英宗朱祁镇。高明也未步入仕途，日日埋头苦读，他当然听不到土木堡（今河北怀来东南）明朝士兵遭受蒙古瓦剌军队疯狂砍杀的哀号声，高明更听不到英宗陷入北方游牧部落包围之中的仰天长叹。土木堡之变，正统皇帝成了瓦剌军队的阶下囚。

当皇帝亲征被瓦剌生俘的消息传到北京后，宫廷内外一片惊恐。为安定人心，皇太后下诏，立朱祁镇两岁的儿子朱见深为皇太子，又命郕王朱祁钰（英宗的弟弟）为监国，总理国政。朱祁钰上任后，果断地惩处了土木堡之变罪魁王振的党羽，起用了兵部左侍郎于谦。京中的局面虽有了些起色，但塞北的瓦剌却并未受到震慑，反以人质为要挟，不断侵扰边境，企图迫使明廷赔款。

大臣们纷纷上疏，提出眼下皇帝返国无望，皇太子又太小，只有另立一帝，才可使国家度过这危难之秋。皇太后虽不情愿，但也再无良策，只好下旨由郕王即帝位，第二年改年号为景泰，遥尊被瓦剌人扣押的正统皇帝为太上皇。

当时朝中有人提出南迁议和的投降方案，遭到以于谦为首的主战大臣的坚决反对。瓦剌部落的首领也先挟持着朱祁镇，亲率十万大军，直逼北京城而来。景泰帝命于谦为统帅，军民同仇敌忾，大败瓦剌军，取得了北京保卫战的胜利。也先只好在将英宗扣压了一年之后，送还京城。朱祁镇返回北京，朱祁钰与他在东安门执手相泣后，便将他送进南宫软禁起来。

景泰八年（1457），景泰皇帝病重，朝廷重臣石亨等人策划"夺门之变"，英宗复辟，朱祁钰下台。两天之后，朱祁钰病亡。

饱尝时光戏弄的英宗夺回皇位，改年号为天顺。阴险毒辣的石亨陷害于谦，英宗便以谋反罪名处死兵部尚书于谦。

短短七八年，风云变幻。黄钟毁弃，瓦釜雷鸣；谗人高张，贤士遭戮。旁观统治阶级内部的权利争斗，高明束手无策。刚直不阿的人都有一颗相通的心灵，感受彼此的叹息，感受彼此的疼痛。于谦被害，这无疑是高明精神上的一次自我死亡，无疑是高明灵魂深处的刀伤。可是，他能做什么？他无法效仿石亨之流的胁肩谄笑，更不会学习石亨布置陷阱的阴谋诡计。高明唯一能做的就是叹息之后继续挺直腰杆站在石亨的对面，对他说："不！"于谦死后，由石亨的党羽陈汝言任兵部尚书。陈汝言生性贪婪，不到一年，敛财无数。拔剑的时机到了，高明和其他御史不避权贵，奏章弹劾陈汝言，贪官锒铛入狱。查抄了陈汝言的家之后，皇帝变了脸色说："于谦在景泰帝时受重用，死时没有多余的钱财，陈汝言为什么会有这样多？"石亨低着头不能回答。又过了几年，石亨亦被捕入狱，死于狱中。石亨死了，他的仆人也被抓了起来。高明用人性的眼光分析此事，主张家仆不应受到石亨的牵连。于是，一百余人刀下逢生，被释放回家。

天顺四年（1460），各地官员纷纷进京朝见皇帝，劳民伤财。高明和御史赵明奏疏弹劾这种恶习，触怒了明英宗。"这是何人写的奏章？"英宗的语气里显露血腥气味。众人十分惧怕。"陛下，是臣写的奏折！"宫廷之上，响起洪亮的声音。现在，数百年以后的我咀嚼这种声音，我听见信江的奔腾，我嗅到早春樟树叶子的清香。

"你……"英宗越发怒不可遏，心说你高明为何老跟朕唱反调，他暗暗寻思处置此人的办法。都御史寇深对英宗说："历年章疏，大都出自高明的笔下。千万不要因为一点小事加罪高明。"英宗于是消了气。

成化三年（1467），扬州盐民不堪压迫，揭竿起义，击败了当地的官兵。朝廷派高明征讨。高明的心情应该是矛盾的，来自民间的赤子怎会不知民间的苦难！他理解那些并不锋利的刀剑的呐喊和绝望，但是，他知道自己此刻的身份，知道明朝的每块基石来之不易。高明建造巨舰，取名为"筹亭"，亲自乘舰在江上督战，明军士气高涨。盐民起义失败，高明探究清楚了底层人民起义的根源。此后，一旦发现宦官倒卖私盐，便依法没收。此次盐民起义事件，高明总结利弊，提出十余条建议，被朝廷采纳，时称"盐政大治"。

成化十四年（1478），上杭农民起义。明王朝看准了高明的军事指挥才能，再度起用已辞官回家的高明。高明任福建巡抚，督兵镇压了上杭的农民起义。高明累了，"居庙堂之高则忧其民，处江湖之远则忧其君"。风雨交加的暗夜里，高明伸出曾经握过锄头和镰刀的手掌，他看见鲜血和许许多多荷锄之人的面孔。看着看着，高明潸然泪下。他翻动一本古籍，几片叶子忽然从书页间滑落，那是来自故乡的樟树叶子，眼下，枯黄吞噬了最初的绿色，就像高明青葱的书生时光淹没于无形的河流。高明端详那些叶子，看见白发苍苍的母亲。

几次征战，高明望见一种落日，望见一种熊熊燃烧的火光。此后，高明以身体有病告老还乡。

廉吏兄弟——江以朝、江以达

熊长胜

　　贵溪自唐永泰元年（765）建县以来，考中进士走上仕途的有近三百人，其中有贪官，也有廉吏。而为人们所称颂的廉吏以他们的实际行动，勤政爱民，洁身自好，赢得了百姓的口碑。

　　然而史料对廉吏的地址记载不详，笼统地写上贵溪人，而贵溪南北两乡，村落上千，要一一查对，颇费周折。明代中期，有江以朝、江以达兄弟均为廉吏，为查找他们的地址，趁下乡的机会，我便打听乡镇中是否有江姓的大村落，一时打听不到，拜托朋友或乡镇干部空闲时留意一下。一位在贵溪市泗沥乡工作的学生很热心，把我带到离乡政府五里外的上港西村湖陵江家，由学生和村民联系，村里的几位老人热情地捧出宗谱来，我仔细查找，终于找到了江以朝、江以达的名字。谱上记载着上港西村湖陵江家迁居的时间与原因："荣公，湖陵江氏始祖，祖居福建蒲城中，宋徽宗宣和庚子举子，辛丑何涣榜进士，任浙江弋阳县令，致仕寓弋邑之栗树港。淳熙初，迁芗溪大旺岭上，夏睹湖陵山水之秀，爱卜居焉。"对照史料，完全吻合，顿使我非常高兴，忙取出纸笔，将有关资料一一摘录下来，回家再整理，逐一核对。

　　江以朝，号少峰，自幼聪颖，16岁时随父外出，父亲是

57

个饱有学问的人，担任督学。江以朝作《铜鼓赋》，得到了杨延和的赞赏。嘉靖五年（1526）与堂弟江以达同中进士，授编检、任庶吉士、擢南大理寺评事。在任考官时，他量才录用。后他又任大理事副、云南司员外郎、福建司郎中。当时大臣费宏、夏言都和江以朝关系密切，但江以朝是个性耿直、是非分明的人，费宏、夏言担心口舌发生祸事受牵连，与江以朝的关系也渐渐疏远了。

江以朝在任福建司郎中时，一次，庭院中的六七株柏树都降下甘霖，部下都认为这是瑞祥之兆，纷纷劝江以朝向皇上献颂词，而江以朝却认为这样做是阿谀奉承的事，只在石板上刻记了这件事。吏部要补充官员，把江以朝的名字上报了，而当时严嵩位压群臣，江以朝放弃了这次机会。他看不惯严嵩父子奸诈贪暴，遂被贬为福建盐运副，又调广东按察司金事盐课。这是个收入颇丰的部门，面对余银巨万，江以朝不为金钱所动心，秋毫不取。

那时，地方官有公函要进呈内阁，函内要装上金银厚礼送给严嵩父子，而江以朝的函内却分文未装，严世藩大为恼怒，找借口将江以朝交还官职送回老家。江以朝在家闲居的13年中，弹琴看书，清闲自在。贵溪县知县周如斗和几个地方官员和江以朝交情很好，也很同情江以朝的遭遇，更敬重他的才干，便上疏朝廷，请求重新起用江以朝。江以朝坚决制止，不让上疏，坦然地说，他经过反复考虑，情愿做一个农夫也不入帝王之门。他76岁病故，居然"囊无一钱之遗"。敢于抬棺上疏的海瑞很敬重江以朝的人品，并写了《江少峰传》。

江以朝的堂弟江以达，初授刑部主事，后任刑部郎中、福建佥事、湖广提学副使。在任职期间，清正廉洁，刚直不阿。一次，他接到一起官司，一个地位很高的侯爵卖了一处墓田，买主家中也富有，在买的田地上建造了豪华的楼台亭阁。那位侯爵相当眼红，便倚仗权势想用原价赎回墓田。江以达不因为侯爵而枉法，秉公断了这起官司，侯爵很是恼恨江以达。在湖广任职时，皇帝的棺木被抬往陵墓，大小官员都列队出迎，江以达却坚持职守闭门不出，因而得罪了权贵，江以达被加上罪名打入监牢，进行廷杖，削职回乡。

江以达是明代中叶的诗人，他的诗文能反映民间的疾苦，返乡后，他常把自己愤慨的心情写进诗中，同时也写了一些描述田园的诗，"渠成秋水乐，人免夏畦劳。饱饭真吾事，安贫对汝曹"就是一首优美的田园诗。

白日飞升

[明] 江以达

白日杳飞升，苍苍俯太清。旋探朱子刻，遥瞰越王城。

云起千峰失，潮生匹练明。东山观海处，亲挈鲁诸生。

吴武陵其人其事

叶 航

据《江西通志稿吴氏族志》载：濮阳吴勔热衷于优游名山大川，当他经过江西贵溪时，见这里山清水秀，便深深爱上了这块宝地，于是举家迁居于此。其后裔非常发达，成为贵溪的名门望族，贵溪翰林桥吴家、仰潭吴家都是吴勔的后裔。吴勔在贵溪生有五个儿子，其中吴武陵（约784—834）是中唐古文运动时期一位很有个性、很有特色的作家。在整个唐代的江西散文作家里，他的成就首屈一指，在中国散文史上也占有一席之地。《新唐书·艺文志》载：吴武陵有书1卷，诗1卷，《十三代史驳议》12卷。但他的著作大部分失传，《全唐诗》卷479存其诗2首：《贡院楼北新栽小松》、《题路左佛堂》；《全唐文》卷718存其文7篇：《上韩舍人行军书》、《上崔相公书》、《遗吴元济书》、《遗孟简书》、《谏窦易直》、《新开隐山记》、《阳朔县厅壁题名》；《贵溪县志》收其诗两首：《长陇山》、《龙虎山》。由于吴武陵仕途坎坷，官位不显，晚遭厄运，身后冷落，因此后人对他知之甚少。

阴错阳差中进士

史书对吴武陵的记载始于唐贞元末年（802—804）。唐朝"政府"有一个传统：凡家庭贫困的举子进京赶考前可以向地方长官申请资助。这年，吴武陵准备进京赶考，临走前照例向饶州刺史李吉甫请求帮助。然而李吉甫态度傲慢，只送给了他五匹土布和三匹丝绸。吴武陵嫌少，很不高兴，竟将绸和布退了回去，并附了一封信给李吉甫，信里言辞很是不敬，还数落起李吉甫的父亲李栖筠的旧事。

原来李栖筠当年赶考时也很窘迫，于是进见维扬护军宋甄请求帮助。宋甄架子很大，对李栖筠不理不睬，李栖筠便当场吟诗"十处投人九处违，家乡万里有空归。严霜昨夜侵人骨，谁念高堂未授衣"，宋甄方才送了点薄礼打发李栖筠。

李吉甫见信又气又恨，心里很是惶恐，担心吴武陵将此事到处张扬。天黑后，李吉甫急忙召见吴武陵，并送给他两百斛（一千公斤）大米。此后李吉甫对吴武陵一直记恨于心，而大大咧咧的吴武陵并没有意识到自己把李吉甫给深深得罪了。

几年后，即元和二年（807），吴武陵再次进京赶考，冤家路窄，当年的饶州刺史李吉甫几年工夫步步高升，竟爬到了宰相的位置。这年的科举考试由礼部侍郎崔邠主持，崔侍郎将放27人及第，他拿着录取名单去相府给李吉甫过目。李吉甫见到崔侍郎

龙 虎 山
[唐] 吴武陵

龙虎山中紫翠烟，青精颜色四时妍。

桃枝惯见花成实，瀛岛宜闻海变田。

五斗米仙真有道，一楼神药岂无缘？

秋风吹绿茂陵草，的的黄金飞上天。

突然想起吴武陵今年也来赶考了吧，并联想到几年前吴武陵对他的无理和羞辱，心里怒气难消，还没看名单就迫不及待地问："吴武陵中了吗？"崔侍郎一听，以为吴武陵是李吉甫要推荐的人，虽然吴武陵名落孙山，但他急中生智，赶紧说"中了"。话音刚落，门外传来"李吉甫接旨"的喊声，李吉甫急忙出屋接旨，崔侍郎不慌不忙地拿出名单，在第 27 名的后面加上了吴武陵的名字。好一会儿，李吉甫回来了，接着刚才的话说："吴武陵这小子是个粗野之人，怎么配中进士呢？"崔侍郎一听，这才明白原来李吉甫是不想让吴武陵中举，阴错阳差，反倒为吴武陵的落榜扭转了乾坤。面对白纸黑字，骑虎难下的崔侍郎心里一个劲地骂自己自作多情，为了维护自己的面子，还只有将错就错，他说："吴武陵的品行我倒不是很了解，但是他的文笔很好，现在名单已经定了，怕是不好更改了。"李吉甫不好多说什么，也只有顺其自然。

吴武陵向李吉甫请求资助没有如愿，竟揭人家的隐私，年轻人真不懂事。而李吉甫却企图以断送吴武陵科举前途作为报复，也实在是过分。看来"宰相肚里能撑船"也是因人而异的。

最有意思的是放榜那天，吴武陵看到自己的姓名排在榜的最后，竟指手画脚地对旁边几个朋友说："想不到崔侍郎今年把榜排倒了。"意思是他本来是顺数第一名的，因为排倒了榜，才使他变成了倒数第一了。当时周围的人听了这句话都很惊讶，吴武陵确实有点恃才狂傲。他当时并不知道自己登第的隐情，如果知道，不知会作何感想？当然，吴武陵原来榜上无名跟他的才华没有什么关系，因为唐朝的科举制度实行朝廷命官公荐人才，而他不谙也不屑此道。但吴武陵确有奇才，不久便官拜翰林学士。

永州结识柳宗元

元和三年（808），走马上任才一年的吴武陵便被李吉甫抓住把柄贬到永州去了。在永州，吴武陵与贬为永州司马的柳宗元相遇，"同是天涯沦落人"，柳宗元十分高兴这位年轻人的到来，对他另眼相看，并引为知己，彼此惺惺相惜。柳宗元对吴武陵的文章赞赏有加："才气壮健，可以兴西汉之文章"、"一观其文，心朗目舒，炯若深井之下，仰视白日之正中也"。吴武陵对大自己十几岁的柳宗元非常敬重，把他视为良师益友，常常虚心请教，而柳宗元则以"仆滋不敢"的谦恭相待。他们经常诗文唱和，秉烛夜游，成为患难之交。

在永州，柳宗元很多诗文作品都写到了吴武陵，如：《贞符并序》、《复吴子松说》、《同吴武陵送杜留后诗序》、《同吴武陵赠李睦州诗序》、《小石潭记》、《答吴武陵论〈非国语书〉》、《初秋夜坐赠吴武陵》、《零陵赠李卿元侍御简吴武陵》等，其中有些大作还是在吴武陵不断鼓励和再三督促下完成的。从中可知，吴武陵是柳宗元被贬永州期间在学术研究上互相切磋交流的不

初秋夜坐赠吴武陵
[唐] 柳宗元

稍稍雨侵竹，翻翻鹊惊丛。美人隔湘浦，一夕生秋风。

积雾杳难极，沧波浩无穷。相思岂云远，即席莫与同。

若人抱奇音，朱弦缲枯桐。清商激西颢，泛滟凌长空。

自得本无作，天成谅非功。希声閟大朴，聋俗何由聪。

可多得的文友。

当吴武陵得知柳宗元因被贬永州而中断了《贞符》的写作时竟"叩头邀臣"说："此大事，不宜以辱故休缺，使圣王之典不立，无以抑诡类，拔正道，以核万代。"在吴武陵的极力劝说下，柳宗元终于"不胜奋激，即具为书"。

《非国语》是柳宗元的一部重要学术著作。吴武陵读完《非国语》初稿后大加赞赏，使柳宗元受到巨大鼓舞，并对完成这部论著充满了信心。

吴武陵为人正直，富有同情心，柳宗元曾由衷评价他："吴武陵，刚健士也……"元和二年镇海节度使李锜谋反，睦州刺史李幼清（后叫李睦州）因不愿为其所用而被诬陷。李吉甫讨平叛乱，李锜被杀，李睦州的冤案自然大白于天下，但令人气愤的是朝廷却没有给他官复刺史原职，而是降级为永州员外司马。李睦州自己缄口不言，吴武陵却"怀不能忍"，"于是踊跃其诚，铿锵其声"，勇敢地站出来为他打抱不平。柳宗元"闻吴之先言者，激于心，若钟鼓之考，不知声之发也，遂系之而重以序"，从而激发了内心压抑很久的心声而奋笔作序。《序》文中吴武陵为朋友、为正义慷慨陈词，不畏险恶的形象跃然纸上。

元和初，吴武陵刚中进士，淮西蔡州刺史吴少阳得知他才华横溢，很想延请他为幕僚，遭到吴武陵的婉言谢绝。后来吴少阳的儿子吴元济反叛朝廷，武陵自告奋勇写信给吴元济："夫势有不必得，事有不必疑，徒取暴逆之名，而殄物败俗，不可谓智；一日亡破，平生亲爱连头就戮，不可谓仁；支属繁衍，因缘磨灭，先魂伤馁，不可谓孝；数百里之内，拘若槛穽，常疑死于左右手，低回姑息，不可谓明。且三皇以来，数千万载，何有勃理乱常而能自毕者哉？"可见吴武陵在大是大非的问题上还是立场坚定，旗帜鲜明的。

元和七年，吴武陵遇赦回到长安，但他念念不忘患难与共四年的柳宗元，多次向新任宰相裴度和工部侍郎孟简陈述柳宗元的不幸，请求他们帮助柳宗元调出穷乡僻壤。后柳宗元改任柳州刺史，虽然官位升了一级，但柳州比永州离长安更远。吴武陵又对裴度说："西原蛮未平，柳州与贼犬牙，宜用武人以代宗元，使得优游江湖。"他还写信给孟简："古称一世三十年，子厚之斥十二年，殆半世矣。霆砰电射，天怒也，不能终朝。圣人在上，安有毕世而怒人臣邪？且程、刘二韩皆已拔拭，或处大州居职，独子厚与猿鸟为伍，诚恐雾露所婴，则柳氏无后矣。"由此可见吴武陵为人正直、仗义，对朋友忠诚不渝。

性格即命运

吴武陵是个复杂的人物，他虽有才华，但性情强悍暴烈，行为轻佻，又喜欢揭发别人的阴私，跟不少达官贵人都发生过冲突。因此，很多人都怕他。

唐宝历元年（825），李渤因仗义执言被贬出朝，以御史中丞出任桂管都防御观察使。吴武陵个性慷慨时尚兼备文韬武略，深得李渤赏识，应李渤邀请，任其副手。吴武陵到桂林上任时，按规定作为副职在上级面前必须着军装并佩带弓箭全副武装，可吴武陵却向李渤要求说"你还是不要用上下级的规定来约束我吧"，李渤呵呵一笑表示同意。一天，李渤在球场上举办官方宴会，来了很多人，席间还有许多妇女。大家都喝了很多酒，吴武陵也喝醉了，这时吴武陵看到好几个妇女聚在看棚上对着他嬉笑，认为她们在耻辱他，非常生气，想报复一下。于是他便揭起衣服对着她们方便起来，还旁若无人地随意谈笑。当时，李渤也喝醉了，看到吴武陵这样觉得很没面子，不由大怒，命左右将吴武陵揪出送衙司斩首。这时，多亏了一个叫水兰的都押衙，悄悄地将吴武陵送回住处并陪他一起睡。半夜，李渤被家人的哭声吵醒，询问怎么回事。听说吴武陵被杀，李渤惊出一身冷汗，酒也醒了，他急忙起身召唤水兰，方知吴武陵安然无恙。第二天一早，李渤赶到吴武陵住处引咎道歉，两人和好如初，他们那种志同道合的真诚友谊在古代互相倾轧争斗的官场黑暗中犹如一股清风沁人心脾。

大和六年（832）李吉甫的儿子李德裕被召为兵部尚书，第二年又升为宰相。当时吴武陵任韶州刺史，一次因经济问题被人告发，办案人员在李德裕的指使下对吴武陵很是无理，吴武陵看到此等得志小人非常气愤，于是在路边佛堂里题诗曰："雀儿来逐飓风高，下视鹰鹯意气豪。自谓能生千里翼，黄昏依旧委蓬蒿。"其桀骜不驯的强悍之态可见一斑。事后吴武陵被贬为潘州司户参军，没几年便郁愤而逝。

贡院楼北新栽小松
[唐] 吴武陵

拂槛爱贞容，移根自远峰。已曾经草没，终不任苔封。
叶少初凌雪，鳞生欲化龙。乘春濯雨露，得地近垣墉。
逐吹香微动，含烟色欲浓。时回日月照，为谢小山松。

"汲汲于养民"的徐九思

崔新民

徐九思，字子慎，明贵溪（今属江西）人。明嘉靖十五年（1536），被任命为句容（今属江苏）知县，从此开始了他的仕途生涯。当时，政治腐败，百姓苦不堪言。

徐九思初到任，谦恭谨慎，到处观察了解情况。三天后，着手整顿吏风。他将一名偷藏公牒，并盗窃官印的县吏抓获，召集全体属吏，公开审理此案。徐九思毫不留情地"摘其奸，论如法"。群吏一齐叩头为那罪犯求情，他严厉拒绝，于是属吏人人惶恐，不敢再行舞弊。

徐九思治县，首先严格要求自己，在他的居室中堂挂一幅青菜图，两旁书有"为民父母不可不知此味，为吾赤子不可令有此色"。从此，他不吃肉，只吃些蔬菜。他常说："俭则不费，勤则不隳，忍则不争，保身与家之道。"他以此为座右铭，鞭策激励自己。

徐九思在审理案件时，为了防止胥吏从中徇私舞弊，勒索敲诈，每接到诉讼，必让原告与证人一齐出席公堂，必要时可令其作证。在一般情况下不动用刑罚，迫不得已时，笞打不超过10下，当堂判决，不关押监狱。

为了不使胥吏下乡害民，他将乡民贫富、道路远近、赋役轻重调查清楚，登记造册，分别通知各赋区自行缴纳。即使百姓不能按时缴纳赋税，只是令里正带到县衙，决不派属吏下乡督催。县衙原有一个很大的园圃，但过去因无人经营而荒废。他亲自带领吏卒重新开垦，种植蔬菜瓜果，饲养家畜、家禽，还在水池中撒下鱼苗来养鱼，借以改善属吏的生活，招待过往的客人，减少百姓的负担。

句容县有一条东西长约70里的大道，年久失修，尘土堆积有3尺厚，遇上下雨下雪，泥水便漫过人的大腿。对此历任县令不管不问。徐九思想重修此道，但又不愿加重人民的负担，便节省公费开支。他用节省下来的钱采石铺路，改善了此道，方便了行人和运输。

按照规定，县令有一笔自行开销的例金，徐九思分文不取，并予以革除。此举与当时贪奢之风形成鲜明对照。当时百姓困苦，日甚一日，危害最严重的是官吏贪污受贿，其次是招待过往的官吏。当地的官吏，大多以招待过路官员作为社交的一种手段，滥用公款大摆酒宴，还以重礼相赠，借以从中牟取好处。可这些沉重的负担却压在百姓身上。徐九思对此深恶痛绝。一次，应天府一名属吏到句容县，依照惯例大加索贿。徐九思根本不买他的账，于是他便撒起酒疯来，公然在县衙破口大骂，咆哮公堂。徐九思毫不惧怕，将他捆起来打了一顿。当府尹知道此事后，大骂徐九思："岂敢不把我放在眼里！"但他自知理亏，也无可奈何。从此，过往官员也不敢过于苛求了。

徐九思不争个人的名利，但为百姓争利。一年灾荒，粮价涌贵，巡抚发仓谷数百石，令平价出售，将所得的钱上缴。他认为在灾年，真正缺粮的灾民却无钱购买，虽说是平价，但他们也买不起，这一措施只对豪民富户有利，促使他们囤积居奇。于是他采取了变通的办法，将上级拨来的粮食，以市价出售一半，将所得的钱归还上级，剩下的一半，他亲自监督煮粥施于饥饿的百姓。他把多余的谷物分给饥民，还规定远在山谷的穷苦灾民，可在其近处的富户家领取，官府代他们偿还。这样救活了不少人。徐九思对拒绝赈济饥民而投机倒把、哄抬粮价、趁火打劫的人都给以严厉惩处。由于徐九思的措施得当，使句容县虽在大灾之年，却出现了路不拾遗的良好社会风气。

一次，该县一巨商吕某之子，被应天府尹推荐给永康侯当教读，据徐九思所知，此人素不读书，便直言相告。由此再次惹怒了府尹。府尹与中丞勾结，对徐九思进行打击报复，将徐九思调离句容县。消息很快传开，当地百姓数千人簇拥着徐九思找中丞评理，称赞他的贤德。他们边哭边说："如果没有徐县令，我们早已饿死了。"中丞见此有所感动，但府尹仍对中丞说："此为强项吏，好以抗上自为名。"由于府尹从中作梗，这次考课徐九思仅被评了个中，按照当时的规定，徐九思就得调离至他县。但吏部尚书熊浃素闻徐九思为官清正，对这次考课产生了怀疑。他说："我以前听说，句容令其贤不减于古人，今不荐举也罢，反而如此处置，这是为什么？"他于是派考功郎下县重新调查。结果与中丞所说完全相反，徐九思政绩卓著，深受百姓爱戴。熊浃遂将中丞贬出京师，特留徐九思于吏部。当年，句容百姓为他立生祠数处。

嘉靖二十四年（1596），在句容任职九年的徐九思，升任工部主事。当时京师因受北方蒙古骑兵的威胁，正议论修一外城。原先议定的城基一线经过都督陆炳的花园，而陆都督是世宗奶娘的儿子，颇受皇帝的宠爱，平日飞扬跋扈，不可一世，工部多数官员因畏惧他而提议改线。刚上任不久的徐九思认为这样不妥，他力排众议，坚持不应改变，并主动承担那段修筑工程。在开工之前，徐九思给陆炳赠言："匈奴未灭，何以家为，孰谓陆将军不如霍将军乎！"于是使陆炳虽怒而不敢发。由于排除阻力，外城很快修成，徐九思负责的这段工程，最先完成，役夫都不叫苦。

在工部主事任上，徐九思曾被派往荆州征收榷商税。当他到荆州，根据实际情况裁去旧额的三分之一，以减轻商人的负担。由于那里商税减轻，一时间吸引各地商人纷纷奔赴荆州，使得当地商业繁荣起来，因而所征商税"倍溢于故"。他把多得的税金，交给地方官收藏，并叮嘱"吾裁而溢，毋使后人增而取溢"。

后来，徐九思被擢为工部员外郎，负责督管清源（今属山西清徐县）砖场。按惯例凡回京的船只路过此地，都要顺道捎带砖场捐砖进京，他秉公办事，毫无例外。一次，大司空的船只经过清源，司空托人转告徐九思请求免捎运砖，他坚决拒绝。

不久，徐九思迁工部都水郎中，负责治理张秋河道工程。自从成祖迁都北京，南粮北调任务十分艰巨，因而漕运特别突出，治理河道往往只注重漕运，而忽视农田水利建设。张秋这段运河常受黄河决溢的影响，淤而不畅。在这段运河附近有一盐河，但不相通，每当漕水溢出则泛滥成灾。徐九思建议在沙湾筑一减水桥，使运河与盐河相通：每当漕水将要溢出，就向盐河放水，然后流入渤海，而不至于侵害农田；每当漕水少时，加以限制，而不至于干涸。这项工程完成后，不仅便利了漕运，而且当地百姓也受益匪浅。

徐九思在治河之际，正当严嵩擅权。一次严嵩的死党工部尚书赵文华巡视东南，路经张秋河道工地。赵文华每到一处，各地官员不仅隆重接送，而且赠送厚礼。徐九思因忙于治水抽不出身亲自迎接，仅派一属吏持牒前往拜谒，说明"有事于沙湾不敢离"。赵文华见徐九思既不亲自出来迎接自己，又不带重礼，遂将送来的书札扔在地上，谩骂而去。

张秋河道工程结束，论功徐九思升任高州（今广东高州县）知府。赵文华却伙同严嵩另一死党吏部尚书吴鹏陷害徐九思，以他年纪太大为理由，命其退休。徐九思仰天大笑说："老自我分，何至烦考功。"嘉靖三十六年（1557），63岁的徐九思结束了20多年的坎坷仕途生涯。

徐九思为人从不阿附权贵。他的同里夏言曾两任首辅，徐九思未曾登门拜访，但在夏言被带进囚车时，唯有徐九思派一老奴服侍甚谨。夏言被感动得流下热泪。

徐九思告老还乡，但仍然尽力为民办好事。家居二十余年，为乡亲立义田、兴义学，广施赈济。遇到灾荒，则招抚流民，带领他们开荒种地，给予贫穷人耕牛和籽种。为了兴修水利，他不顾年老体衰，到处察看地形。为此他深受当地人民的敬仰。

万历八年（1580），85岁高龄的徐九思与世长辞。消息传到句容县，当地百姓拜伏在徐九思祠前，前来祭祀的人络绎不绝。此时，距他调离句容已35年之久了。百姓如此怀念他，与他"汲汲于养民，九年如一日"是分不开的。

水利功臣徐贞明

谷玉虎

《平谷县志·河流》载："峨嵋山水峪寺东之灵泉，为徐贞明所治；龙家务村最初的稻田，为徐贞明所开。"

徐贞明何许人也？

徐贞明，字孺东，贵溪人。明隆庆五年（1571）考中进士，任浙江山阴县令。万历三年（1575），被召入京，为工部给事中。

当时，京都驻军所用粮食，都是从东南远途水运而来，每运至京都一石粮食，就得消耗数石粮食作为军船夫役的费用，给百姓造成很大负担。另外，河流多变，运粮的水路时常阻塞。一旦军粮供应不上，后果不堪设想。徐贞明任工部给事中后，恪尽职守，经过一番考察思索，认为要解决这个后顾之忧，最好的办法就是从畿辅征收军粮。这样，就需将畿辅的旱地改为水田，增加产量。畿辅不是没有这个条件，畿辅诸郡流经的河流，或自出的涧泉，都可以利用起来灌溉田地。以往，北方人未习水利，唯苦水害，不知水害未除，正是由于水利未兴。如果挖渠修壕，引水灌溉，便可杀水势；高处仿南方人筑堤拦水，旱时则可灌溉。这样，水利兴，水患亦除。于是，徐贞明上《水利议》，建议朝廷选派得力官员，仿照当年元人虞集"在京东滨海地筑塘捍水，以成稻田"的设想，兴修水利工程；他还建议朝廷制定优惠政策，调动各方面的积极性，如给穷人送耕地的牛、缓征富户的赋税、许可南方人占有他们自己开垦的土地等等。他在上书中满怀激情地写道："俟有成绩，次及河南、山东、陕西。庶东南转漕可减，西北储蓄常充，国计永无绌矣！"

然而，主持此事的工部尚书郭朝宾却以水田劳民为由，认为兴水利之举不能马上实施。徐贞明的建议便被冷落在一边了。

后来，御史傅应祯获罪入狱，徐贞明与傅应祯素有交往，得知消息后，便到狱中调护了几天。因此举徐贞明被谪，贬为太平府知事。

徐贞明来到潞河，心情郁闷，整日四处闲逛。一日，他来到河边，望着那滔滔流去的河水，圣人那句名言涌上心头："逝者如斯夫，不舍昼夜！"他想，我不能让时光这么白白流失，我要振作起来，虽不能治国平天下，

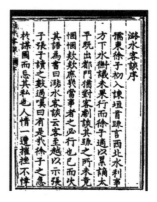

也要做一番事业。他又想起了自己的《水利议》，越想越觉得此议可行，只是有些道理还没有说透。回到馆舍，他不由得拿起笔来，将自己所思记在纸上。经过数日反复推敲修改，《潞水客谈》一文脱稿。他在这篇文章中，从 14 个方面，洋洋洒洒地论述了水利当兴。他说北方的土地，"旱则赤地千里，潦则洪流万顷"，只有风调雨顺时，百姓才可不受饥荒之苦。而老天是不会

年年给你个风调雨顺的，只有水利兴后，旱涝有备，才能使百姓摆脱饥荒。兴修水利，不仅可以安民富国，兴教化，美风俗，而且有利于国防，"北地平旷，寇骑得以长驱。若沟洫尽举，则田野皆金汤"。兵部尚书谭纶看到《潞水客谈》后，赞不绝口，说："我在塞上很久了，我看你的建议可行！"

　　顺天巡抚张国彦、副使顾养谦按徐贞明所论，在蓟州、永平、丰润、玉田等地兴水利，都很有成效。御使苏瓒、徐待亦在皇帝面前言说徐贞明所论可行。给事中王敬民特意上疏举荐徐贞明。在诸臣的举荐下，万历十三年（1585），徐贞明重新回朝，升任尚宝少卿，皇帝赐诏，命他与诸臣实地勘察后再议兴水利之事。

　　徐贞明领了敕令，便出了京城，来到京东，逐州逐县地进行实地勘察，哪里是低洼涝地，每一方土地适宜播种何类作物，全都摸得一清二楚；他还跋山涉水，将每一条河流的走向，何处分流，何处汇合，四季水流变化，每一眼泉的出处，水量多少，全都弄得明明白白。然后，将他所掌握的情况及处理意见，上奏朝廷。

　　户部尚书毕锵等大臣阅罢徐贞明的上疏后，连声称赞。他们采纳了他的建议，并议定了以垦田勤情为标准，徐贞明可对各郡县官员举荐、弹劾；地宜种稻者要逐步改成稻田，不改者追究当地官员责任，令其按时完成；招募南方人，求教如何种稻；所垦田地子孙可继承，成绩显著者按功封官加赏以及贷谷种、止徭役等六项措施，一并上奏皇帝。这些建议，皇帝全部采纳。万历十三年（1585）九月，皇帝命徐贞明兼监察御史领垦田使，如果谁敢阻挠垦田，随时弹劾惩治。

徐贞明领旨后，立即着手进行兴水利、垦水田之事。他先从京东州邑治起，平谷水峪寺、龙家务村及三河塘会庄、顺庆屯等地开始有了一些水田。徐贞明为了不负圣命，实现自己的夙愿，夜不安寝，呕心沥血。到了第二年二月，不足半年光景，就在平谷、三河、密云、蓟州、遵化、丰润、玉田等地，开垦出水田3.9万余亩。接着，他又紧锣密鼓地制订出治理京东诸河的计划，准备疏通河道，以防洪水泛滥。

正如世人所说，天有不测风云。就在徐贞明踌躇满志，准备大展宏图报效朝廷的时候，皇帝却下了一道圣旨，调他回朝。原来，朝中一班阉人、勋戚，在京郊占有大量闲地为家业，如果都被开垦为水田，谁开垦归谁所有，他们的损失太大了。于是，他们一有机会，就在皇帝面前进谗言，说徐贞明如何如何不好，垦水田如何如何不利，应该将徐贞明等罢官加罪。皇帝被这班

人说得起了疑惑，也觉得垦水田、兴水利之举不妥。阁臣申时行等纷纷劝说皇帝，力陈其利，还是解不开皇帝的疑惑。就在这时，身为畿辅人的御史王之栋，又上一疏，说水田必不可行，力陈疏通河道的种种不便。皇帝终于决定收回原旨，调徐贞明回朝，仍为原职。

皇帝虽然没有将徐贞明罢官治

罪，他完全可以舒舒服服地在京为官，但是，朝廷不以国计民生为重，听信谗言，出尔反尔，这对徐贞明的打击太大了。他觉得报国无门，心灰意懒。不久，他找了个借口，请假回乡，四年后郁郁而终。

从徐贞明上《水利议》到今天，已历四百余载。万里神州已不再是哪一家的领土，而是劳动人民的天下。只要符合人民的利益，人民政府便大力支持。如今京东大地，座座水库如明镜，条条灌渠似银练，眼眼机井星罗棋布在田间，粮食产量跨黄河、跃长江，连年丰收。徐贞明应笑慰九泉了。

如今京东水利建设的成就，四百多年前的徐贞明是做梦也不会想到的。但是，在京东水利发展史上，我们应该浓墨重彩地为他写上一笔，因为他是京东水利第一功臣。

道士画家方从义

熊长胜

方从义（生卒年不详），字无隅，号方壶，别号石芒道人、鬼谷山人、金门羽客。他是贵溪人，元代著名画家，而且工诗文，善书法，能写古隶章草等体，山水画名重当时。

方从义生活在元代，蒙古统治者对汉人实行野蛮的暴力手

段，把大批的良田废为牧场，汉族人不准收藏武器，禁止打猎和练武，汉人的地位排在第三位。在元王朝统治的90年中，有78年不实行科举，大批汉族文化人失去了进身之途，有的闭门隐居，有的遁迹山林，有的加入释道。方从义就是加入释道的其中一个。

方从义学道于龙虎山，龙虎山的岩石神奇，峰峦变幻，使他萌发了边学道边绘画的想法，找到了一条把一腔哀怨寄托于诗画中的道路。

学道之余，方从义攀登上龙虎山大大小小的岩洞，细心观察

大自然的神奇。溪水澄清，烟树苍茫，眼前的景色激发了他的兴趣，他挥毫泼墨，画下了古代画家尚未表达过的江南山水。方从义是个个性鲜明的人，兴趣来时所作的画，樵夫村童都可以得到，遇到他不高兴时，无论是什么权贵，出多少价钱也无法求到。

在元代的画坛上，许多画家热衷于临摹前人的作品，在赵孟頫"作画贵有古意，若无古意，虽工无益"的复古思想影响下，不少画家不愿意投身自然，而是舍弃创作，一心扑在临摹古人的作品上。面对当时的复古之风，方从义没有被束缚手

脚，他以造化为师，他认为天下险峻雄奇的大山，本身就是一幅画。为了熟悉自然，了解龙虎山的山山水水四季的变化，他懒听晨钟暮鼓，不诵经文道书，独自登上岩洞，观峰峦突兀，看烟锁龙虎，有时竟睡在岩洞中。正一道的道士们见他不守清规，衣着

又不整，背地里指责他是个怪人。

　　大概在元顺帝至正二十年，方从义索性离开龙虎山，只身去游观天下名山。他去过福建的武夷山、浙江的雁荡山，直至京师，画自己所见到的山水，把情感融入其中。

　　方从义敢于冲破古人的樊篱，投身自然，使作品富有生活气息。在他的作品《神岳琼林图》中，所表现的溪屋丛树、曲径山峦，真实自然，引人入胜。又如《高高亭图》，画中的丛树草亭、山道溪涧，叫人一看便知是江南的山水景色，产生一种亲切感，仿佛置身其中。方从义推崇董源、巨然、二米的山水画，但他不以临摹董、巨、二米的作品为满足，而是走进自然，感受自然，画自己熟悉而热爱的美景。正因为如此，后人评价方从义的作品师造化，法自然，在当时复古之风的笼罩下是凤毛麟角，不可多得。

　　只有来源于自然和生活的作品才有生命力。方从义的作品编入故宫所藏的《中国历代名画集》中的《神岳琼林图》、《山阴云雪图》及

《高高亭图》都是传世的珍宝。

我们虽然难以看到方从义的作品，但现在在天师府的一口重9999斤的大铜钟上，还能看到他用古隶写的《大上清宫钟铭有序》，古朴厚重、奇纵恣肆。字如其人，体现出方从义鲜明的个性。此钟铸造于元朝至正十一年四月，为我们了解画家的行踪提供了不可多得的依据。

龙虎山叠嶂青翠，逶迤绵延数十里；泸溪河汩汩流淌，不舍昼夜千万年。河水映山，山色染河，山河依偎相爱，形成美景仙境。先有古越族崖葬云崖危岩，后有正一道祖来修道炼丹。仙气氤氲，山谓仙山，水谓仙水，岩谓仙岩，洞谓仙洞，真是"山不在高，有仙则名"……

感悟

绿色

山水

贵溪县古地图

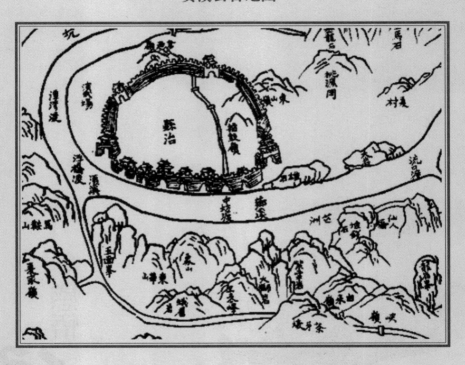

烟雨泸溪河

胡序知

　　阳春三月，我们来到江西鹰潭的旅游胜地龙虎山，乘一叶竹筏，漂流在烟雨空濛的泸溪河上。

　　泸溪河亦名上清河，两岸芦苇遍布，每到秋日芦花飘絮，又叫芦溪河。这条河发源于武夷山脉，流经千里崇山峻岭至龙虎山，像一条美丽的彩带将龙虎山众多的自然和人文景观串连起来。泸溪河在烟雨中极富诗情画意，远山近水都像披上了一层薄薄的白纱，看不到如线的雨丝，也看不到河面上雨滴溅起的圈圈涟漪，然而却感觉到雨的确在下，一层层地歇在衣服上，白茫茫的，用手一揩又无影无踪了。

船娘披一袭鹅黄上衣，在烟雨中熟练地点着篙，船慢慢地绕过莲花石，向前漂游而去。立于两岸的座座山峰时隐时现，无声的河水柔柔地流淌。烟雨蒙蒙中，似乎让人觉察不到水在流，船在行，倒仿佛是两岸的山峰在缓缓后退。烟雨中的泸溪河，显得空幻，带着柔情，一时间不知是人在观景，还是景在赏人。

过无蚊村时，岸边有阵阵的鼓乐丝竹声，村子若隐若现，飘来的乐曲据说是深山里的古戏古曲。船渐渐离远了，村子退隐在古树和雨中，鼓乐渐渐渺若烟云了。

泸溪河之所以清澈见底，可鉴毛发，是因为它发源于国家森林保护区武夷山区，发源于森林茂密的国家林场，一路青山绿水，植被良好，从而保持了纯真，一年四季都是碧青色。白居易在《长恨歌》中曾有"蜀江水碧蜀山青"的诗句，他雄辩地阐明了"山青"与"水碧"、"穷山"与"恶水"的因果关系。水碧缘于山青，秃山必定浊水啊！

竹筏开始漂流了，左岸是一片茂密的竹林。竹林青翠欲滴，迎风摇曳，龙吟凤舞，婀娜多姿。游人躺在竹林绿水的怀抱里，既免除了登山跋涉之劳，又可坐收饱览两岸风光之利。竹排漂近蔡坊，此处是观看龙山和虎山的最佳之处。烟雨中的龙虎山更加逼真了，长龙深卧，昂首待飞；巨虎雄立，啸鸣向天，一派龙腾虎跃之气。

烟雨迷蒙中，竹筏漂出蔡坊，过云锦峰，绕蘑菇石，进入由浅而深、由缓而急的"雷打石"水域。"雷打石"砥柱中流，屹立在湍急的河道中央。相传天神将巨石炸作两半，以分流汹涌洪水。被炸掉的半边已被山洪冲走，不知去向，剩下的半边却留下雷劈电烧的铁锈色斑痕。竹排稳稳地穿过激流险滩，

两岸景色更加奇绝起来。远处山形怪异，或若仙女升天，或似玉兔思凡、驼峰相对、神鹰展翅；近前，白鸭浮水，野舟系岸，牧童短笛，村妇浣衣，阡陌交错。

带着满河的烟雨，满河的诗画，满河的梦幻，弃筏上岸。这里是仙境，这里是福地，我庆幸能一游烟雨泸溪河。

登天门山

黄国和

位于古镇上清的天门山，幽篁深掩，丛树集翠，山若锦屏，云如彩釉，置身其间，顿感清心寡欲，气定神闲。

山前一段长长的碎石路，清幽静谧。路边绿树如拱，视线迢递，让人如登府第。石路远扬，枝叶垂垂欲下，沁人心脾。沿路上行，石级未尽而山村井然。路边参差错落的平房，灰墙青瓦，木门木窗。屋旁古木参天，浓荫密布，平添几分安详。位于村旁的竹林，修长娟秀，竹竿青青，竹叶森森，凌风飞烟，怡情悦目，自有一番景象。"宁可食无肉，不可居无竹"，有小村如此，不能不令人流连。

穿过竹林，石路戛然而止，代之以羊肠小道。道旁丛树如簇，品种繁多，其中不乏珍贵

树种。略行数步，早闻溪水潺潺，渐行渐响，然终不见水流。此时仰头，一道翠峰跃入眼帘。天明山净，恍如一道翠屏横在眼前，大概这就是天门山了。天门山并不算高，然山中树木茂盛，覆盖整个山体，竟是如此青翠。许是空气绝好，山中不时泛起淡淡轻烟，山间飞云流霞，真有如仙道世界。顺水声前行，一条自上而下的潺潺溪流即在眼前。此时恰是入春，水流不大，水色却异常清冽，仿若一串珍珠潺潺而

下，溅起阵阵悦耳的轰响。水流从山上而来，入茂林而去，穿珠溅玉般映在眼前，不能不让人扼腕惊叹。临溪而立，看溪水穿行，听溪流轰鸣，略一驻足，人在景中，而心已仿若飘然世外了。我不知这溪水是否通人性，想它千百年来潺潺不止，必已修成了处变不惊的品格，而它看我，必亦如身边的草芥一般，荣枯有限了。流水穿行于乱石之间，因林木繁茂，仅成段地显现，组成一步一景、移形换步的姿态。沿溪流继续前行，两块巨大的青石夹岸横出，组成一斜体的门形，较之人工的景观自然而瑰丽得多，大概天门山的山名即由此而来吧。不知这巨石何时领得意旨，竟飞来一般守护着这清冽如玉的一溪活水。

过天门石，溪水亦改变姿态，由急步而下，变得亦急亦缓，或飞流直下，或缓步慢行，组成一瀑一潭、一潭一瀑的奇丽景象。

凡到过庐山三叠泉的人，必对那壮美景色留有深刻印象。而天门山此处的溪水也恰为三叠，显得瀑如飞玉，潭若嫩珠，瀑声动人。很难想象山上的溪流是如何穿山破石，由最初的涓流汇成这样一股顺势而下的喷泉，在有意无意中给这青山增添无限的灵动。瀑由山中的绿树丛中飞出，蓦然挣脱枝叶的拽掐，在岩壁间飞珠溅玉般碎裂成一挂洁白的银花。这蓦然让我想起了佛教中的涅槃，世上许多美好事物，无不是经过痛苦的挣扎，终于摆脱自身的束缚，于无拘无束中焕发出美丽光彩。而光洁如初的岩壁，也恍如被冲破的禁忌，终于碎裂成一个张开的躯壳，羞愧地隐身幕后，成了它最好的衬托。周围绿树葱郁，野花飞舞，是为它的勇气欢呼，抑或为它的胜利而鼓掌？天际偶尔飘过的白云，想必亦为它的精彩而欢畅吧。古书有云，山不言自美，水不言自行。而我总觉得，山水如人，一呼一吸无不赋有它自己的深情。

瀑如流银，汇入下边的清潭中，戛然放慢了急行的脚步，悠悠地汇成一潭碧绿的彩帛。这一急一缓，恰如人生的历程，该冲刺的时候冲刺，该休憩时亦当安安心心地休憩。潭水清幽，悄然回旋，很像一双清亮的眼睛深情地回眸，许是为那刚刚过去的一幕而动心吧。天门山的水潭不大，

瀑亦不高，然三叠相映成趣，无不显现出大自然无所不在的峻美了。

过此泉，山稍陡，然溪水淙淙，川流不息。及至高处，迎面一道飞瀑凌空而至，飞流直下，较之下面的三叠高而大。仿佛乐章，将至结尾时，总是百乐齐鸣，震颤不止，集百章于一时，于高潮处戛然而止，留下无数的余意，绕梁三周，给人无穷无尽的余味。瀑高而潭亦大，周围除了草木，潭中尚有大小不等的石块。想是山中常年水流冲刷不断，终使山体露出本真，留下它坚硬的部分，等待岁月的继续磨砺。清潭飞瀑，景色宜人，其间一群学生模样的孩子，挽裤露臂，在水中嬉戏，将水花浇向同伴。有一位登至山顶，站在瀑布上举手欢呼，让同伴留下他攀登的身影。这使我悄然动容，一方面为孩子高兴，一方面又为自己而感叹。岁月累人，不知不觉已过天命，面对如此美景，终不能如孩子般完全忘情于这青山绿水之中，一洗无数岁月留给我的深深烙印。天门山并不高，然我已略感倦意。看夕阳西下，彤云满天，我蓦然想起了山下的小村。黄昏深掩，村落又该是如何静谧。拽一条板凳坐在树下，看昏灯摇曳，听村民谈谈山间往事，那情形当不会亚于登山吧。

象山·仙人桥

葛伏春

　　一次偶然的机会，我与几个朋友在贵溪四冶的一个石头岭上游玩，谈笑中顺势朝贵溪城南方向看了看。蓦然间，看见一头前不见首后不见尾的绿色庞然大物在浓淡相间的雾霭里似真似幻地款款游动。我几乎是语无伦次地脱口道："象山，山象。"

　　那次发现也许是个幻影，但不管是真是幻，三月初晴的那天，我还是带着一种莫名的兴趣登上了象山。

　　爬象山无须用"累"字来形容，几十级台阶，几个缓坡，权当是伸腿弯腰，保真养气，一股股绿的清香、绿的潮涌，扑面而来，清新舒畅。来到山头，站在一块凸起的石头上向东抬眼望去，远处，那葱郁的大山小丘，或瘦削，或丰腴，或高或低。山形优美，姿态万千，那跌宕有致的气势，犹如汹涌磅礴的大海。再依山脉看去，山山相衔，平滑流畅，形成一条气势飞动的流线，有如一段舒曼轻柔、悠扬飘逸的曲乐，倏忽间，心中便油然地涌动一股和谐、美妙的快意。

　　三月的象山，如同别的山一样，为赚到春的爱抚，不甘寂寞，奋力迸发吐露，把自身最美的、最别致的毫无保留地彰显开来。绿的、红的、白的……像赶集的世人，万象百态，挤挤挨挨，乱在一起。这里，花的种类不算多，映山红、野桂花，还有一些叫不上名来的小花儿。这儿的映山红不像别处的那样，一夜之间整个山体犹如盖了层上苍赐予的七色霞光，流丹飞红，绮丽绚烂，它只是星星点点地散落各处，把握时机，缓缓而来，也缓缓而去，用尽心机地经营"万绿丛中一点红"的意境。富有丹霞地貌的象山，为花儿提供了爆惊吐艳的舞台，映山红与野桂花如同杂技表演，在悬崖峭壁里长出一两枝来，白的、红的，互拥互抱，相映成趣，构成一幅"宫云朵朵映朝霞，白丽栏前斗丽花"的奇异图画。走近悬崖脚下抬头仰望，它那险姿，那艳美，让人从心底发出一声"一片异香天上来"的惊叹。

说起丹霞地貌，就会想到"天下学士所景慕"的先儒讲学之地——象山书院。据说，象山书院的前身是象山精舍，南宋时建于应天山内，"规山起广厦"，"讲庐数百间"，有着较大规模。后因交通不便，于明正德七年（1512）在现贵溪一中进行大规模重建，并在石壁上刻有"象山书院"四个大字。象山书院重建于此，确属独具慧眼。明正德七年间这里什么样子，我想象不出来，如今置身这里却有一种安怡闲适而又超然物外的感觉。

峰岩如削，绝壁数十丈。我去的那天正好是雨过天晴。崖顶上的植皮将积蓄有余的水分丝丝排泄，往山崖飘然飞降，撞击在山腰的石头上，迸溅出万千飞沫，形成了"晴霁光而映七色，化雨露而聚甘泉"的迷人景致。岩下林木荫翳，鸟鸣啾啾，加上曲径、亭阁，使这里更显得雄险诡奇、幽静淡泊，颇具古朴魅力。

其实，象山的丹霞地貌随处可见，回音壁、徐岩飞雪、将军石、海塘幽谷……而我最感兴趣的还是仙人桥。

爬上仙人桥才会觉得"绝壁无它径，悬崖只一关"，其实，这座桥还是过不去，桥的西端是十余米深的断层，"在月桥岩西

5 米处，有奇石，高约 4 米许，其状宛如一正襟危坐老人守护着月桥岩"。所以，这座桥又叫仙桥。

仙桥桥面开阔，但不怎么平坦，只见石面上密密麻麻地刻有好多名字。站在桥的任何一处，视野都相当开阔，任你东南西北随意看去，各方有各方的景致。向北，看那广袤、大气、富有现代气息的壮美城市，由近到远渐渐舒展；听着温存委婉、形如玉带的信江，带着缠绵的情，叙说着它对这城、这山的恋与爱。向南，翠峰叠嶂，山塘映绿，桃红李白，梯田层层，炊烟袅袅，

一派乡野自然风光，让你感觉到这里真的是春心日日异，春情处处多。桥下，树林不大，却是茂密浓绿，鸟语回荡。走进桥洞，洞内空旷高穹，硕大的弧形洞顶，恍如一座音乐大厅，城里的喧嚣、乡野的鸡鸣狗吠、信江里掏沙的"隆隆"机声，统统汇集在这里，演变成一种极富魅力的声声仙乐。据说，仙桥石壁有过遗句："此处神仙迹，神仙到此么？山花常带笑，野鸟自来歌。"这无疑又给仙桥涂上了一层神秘绚丽、缥缈神奇的色彩。

仙桥与象山相距不远，一个在东，一个在西。在象山看仙桥，仙桥娇小、灵巧；在仙桥看象山，象山端庄、温情。尽管象山和仙桥都比不了名山大川的雄、险、秀、奇、幽，但它们却拥有一个永恒的主题：清新、活力、灵气。

九曲洲观光

何才厚

初夏的一天，细雨蒙蒙，正值星期天，我前往龙虎山的九曲洲观光。

听　溪

驱车来到九曲洲，浩荡湍急的溪水声首先来到我的听觉里。那訇然之声，恍如军阵演练，齐刷刷的声音不绝于耳；那涓涓之音，也如军乐队演奏，忽高忽低的音符，雄浑之声动听，低旋之音悦耳。

流经九曲洲的泸溪河，自与别处不一样。有些水，静则清澈，动则混沌。然而，九曲洲边上的泸溪河经过了九道弯则不然：雨来，飞流之雄，湍急之狂，是一般之水无可与之比肩的；晴来，一路下来，娉娉婷婷，袅袅娜娜，宛若仙子手中的彩练，舒展自如，随风而动，随地势而流，也是一般水难与比拟的。更兼其不因

速度之快而与泥沙同伍，偕污浊并行，那份清澈，那份透明，那份纯真使人赏心悦目。她在舒缓中更静若处子，滑过溪槽的铮钋声，若银铃轻击，琴弦慢捻，又分明在演奏着一曲柔婉动听的轻音乐，于空寂的山谷间断断续续，悠然低回。是的，这是一个空灵出境的世界：可感悟，不可侃读；可静享，不可喧逐；可浅唱低吟，不可狂歌长啸。

水是自由的音符，泸溪河是龙虎山醒着的神话。因为泸溪河，龙虎山始终流淌着祥和。不论是"悬溜泻鸣琴"或是"碧溪弹夜弦"，无论是惊湍直下的山洪或是恬淡涌流的泉眼，山景与水流全是一家人，拉手拥抱为一流，欢歌笑语出山去。

是啊，龙虎山九曲洲的溪流，既有着热烈与辉煌的景象，又有着舒展与悠长的情怀，还有一种真切绵长、深沉而和谐的生命音韵。这种音韵，需要用心去聆听，用生命去感受。

泸溪河养育了一方圣土，龙虎山四季春神常驻，永恒地氤氲着中国唯一的教——道教，也积淀了两千多年中国神奇的道教文化。

看　　山

站在龙虎山的九曲洲上，山冈自然映入眼帘。一般来说，山冈的颜色非常纯粹：碧绿的青松，褐色的石头，再加上青色的杂草和彩色的花朵。九曲洲旁的山，虽然不算高，但是气韵非常生动，有苍苍古木从绿荫间耸拔，有茫茫烟霏自幽壑中出没；临泸溪河皆削壁，石纹纵横有致，笔画俨然，宛若造物的象形猛虎。张天师旷日持久的结庐炼丹就在九曲洲，即"丹成而龙虎现"就出于此，天成九虎一龙之壁。真是鬼斧神工，天机独运。别处的峰，是再陡再险也能踩在脚下，唯有龙虎山以它的危崖削壁，拒绝从猿到人的一切趾印。有岩峰，青筋裸露，血性十足。有峰巅的缝隙，苍松或翠柏茂盛，如虎须似虎毛。站在九曲洲上看，曲壑蟠涧，褐崖翠冠，雄威无限。风吹过，虎啸龙吟，增添无穷气韵。峰与峰，似乎都长有眉眼；云与云，仿佛都识得人情；就连坡地的一丛绿竹，罅缝的一蓬虎耳草，都别有一种龙气和虎威。

是时，当我徒步山水间，沐着蒙蒙细雨，凝望九虎一龙壁，云拂翠涌，忽隐忽现，亦幻亦真，恍若真的置身于龙虎前。

悟　　道

"山不在高，有仙则名；水不在深，有龙则灵。"龙虎山真的不高，泸溪河真的不深，怎么比它都不高不深。但是，龙虎山与泸溪河，虚幻中透出几丝灵光，肃穆中显出几许恢弘。沐浴碧溪绿浪，在此感受天地神光的圣洁洗礼，怎能不有一种被大自然融化的感觉，有一种心灵为之净化的感觉，有一种超凡脱俗的感觉。怪不得东汉中叶张道陵会因不满朝政腐败，又无力拯救苦难黎民，便辞官归道，追寻现实中的另一种境界。《龙虎经》是不是张道陵始创，我无资料去论证。但他借《周易》驳象论述，承老子《道德经》衣钵，独创中国唯一的教会，并历尽千辛万苦，选定在丹崖似火，碧水湛蓝，"藤萝倒挂，瀑布斜飞"，一派仙境的云锦山（大概是现在的九曲洲正一观处）炼"九天神丹"，祈祷民安。"丹成而龙虎现，道教始创成。"从此，云锦山改为龙虎山，成为"华夏道都"。我信步在正一观内，真有一种亦真亦幻、飘飘欲仙的感觉。道家的"上善若水，水善利万物而不争"、"济世度人"，这就是当时张道陵天师的信仰和追求吗？《道德经》说："圣人以天下之心为心。"意思就是圣人能体悟天下人的苦乐，以每个人的苦乐为自己的苦乐，而不是只关心自己的小圈子。所以圣人处事没有偏向，因为偏向一方，必然伤害另一方；无论伤害谁，其实都是伤害自己。所以，唯一的选择就是公平。今天的关注民生，共创和谐，不也就是圣人处世治世原则的一种体现吗？

古代圣贤老子说："道之为物，帷恍帷惚。惚兮恍兮，其中有象；恍兮惚兮，其中有物。"老子认为"道"是宇宙万物的规律，这"道"一旦具体为物象，就混沌恍惚起来。然而这里的山就是在蒙蒙细雨中，都非常清新、明媚；这里的水就是在匆匆湍流中，都非常纯清、明心。道之为物，又如何去帷恍帷惚呢？县太爷郑板桥不是说"难得糊涂"吗？

我带着诸多疑惑，折步走向龙虎山客栈。我想看一看古代的月，体察一下"独上西楼，月如钩"的韵味，读一读古代到龙虎山客栈布道求道的人。龙虎山客栈管理人员告诉我：电视剧"《龙虎山客栈》8月份上映。"我悟道不深刻，只好拭目以待《龙虎山客栈》。

春游仙人城

罗咏琳

似乎刚刚睁开慵懒的眼睑，迈着轻盈的步履，和着"滴答"、"滴答"富有韵律的雨声，春姑娘来到了如诗如画的仙人城。

来鹰潭已十余年了，每当被繁杂的工作、生活的喧嚣闹得疲惫不堪时，我是多么向往有一个温馨而静谧的地方，可以将内心的尘埃洗涤，于是，小城附近的泸溪河、象鼻山、仙水岩、正一观、天师府、上清宫、九曲洲、天门山等成了出行

的首选，甚至路途相对较远的冷水大峡谷和名气不大的香炉峰也去过好几次了，唯独仙人城一次都没有攀登过，内心便一直有一种遗珠之憾。一个细雨霏霏的日子，我总算结伴成行，所以，内心除了丝丝新奇，还有缕缕渴望。

仙人城又称仙岩，整座山峰拔地而起，犹如一柱擎天，东邻泸溪河。从远处凝望过去，云崖上千尺，白莲开满城。此山之所以叫仙人城，是因为它自古就是"仙人"所居。史料记载，魏晋时，第四代天师张盛发现山上到处洞穴中通，石窦如井，茂林修竹，云蒸霞蔚，徘徊凌绝顶，犹似在蓬莱。于是他决定在此山之顶修建庙宇，即今日"兜率宫"，塑老子神像，以诵老子功德。至宋熙宁年间，宝月禅师自浦城来此建寺，清静幽雅的环境，门庭若市的香火，仙人城一度成为远近闻名的

佛教圣地。但真正让仙人城名闻天下的却是中唐杰出诗人顾况的一首《安仁港口望仙人城》，作者在诗中描写的"楼台彩翠远分明，闻说仙家在此城。欲上仙城无路上，水边花里有人声"的景致，让古往今来的无数游客，正是怀抱这样一份寻觅和探索的向往，不畏攀登720级台阶及顶览胜，那种心情给人浩瀚无垠的冲击，远远超越了人的视角。

　　进入仙人城的是一条弯弯曲曲的土沙路，需要经过四个环坡，大门紧挨在最后的转角，所以给人一种猝不及防的感觉。进入景区后，首先扑入眼前的是嫩嫩的绿，竹溪、草被、林海，漫山的青翠欲滴，犹如流泻的雾霭，将之前的枯黄完全浸染。此时，那些原本荒凉的群崖，便少了一份男性的粗犷，而多了一份女性的细腻。透过缥缈的雨雾，隐隐约约可以看见深深浅浅的野花，粉红的是杜鹃，洁白的是牵牛，紫色的是苦楝，鹅黄的是迎春，幽蓝的是鸢尾，疏疏离离夹杂其间，一如大风吹散的琉璃。

　　大概是得益于充沛雨水的浸润，此时的仙人城，已被孕育成为一位丰腴的女子，饱满、娇柔，而又不失魅惑，我的心灵一下子因为这份濡湿而变得温润鲜活起来。雨中的仙人城是静谧的，静谧得让人以为它是胆怯的，因此，我们选择了沉默，无意去惊落路边的野花，抑或赶走正在石壁上避雨的飞鸟，甚至生怕大声喧哗，惹来一场瓢泼大雨。但沿途的仙鼠石、凤凰桥、龙化池、仙姑庵等景点实在美不胜收，令人情不自禁地惊叹。尤其当倚靠在观景台的栅栏上，放眼整座龙虎山，或远或近，全被笼罩在一帘烟雨之中，而泸溪河，变幻成一条青黛的

弋阳溪中望仙人城

[唐] 顾　况

何草乏灵姿，无山不孤绝。我行虽云塞，偶胜聊换节。

上界浮中流，光响洞明灭。晚禽曝霜羽，寒鱼依石发。

自有无还心，隔波望松雪。

丝绸，三三两两的竹筏，成了片片飘落其上的枯叶。倘若一阵微风掠过山林，"沙……沙……沙……"，竹海的摇曳，表达的是一份湿润的感动和温暖的记忆。

仙人城是一座实实在在的竹海，翠竹漫山遍野，郁郁葱葱，高低错落，占尽了山川之秀。置身其中，一呼一吸，如痴如醉，凡尘俗世，忘得干干净净。而清浊水池岸边亭台上的"人来此处居然脱俗，我坐多时似乎成仙"的楹联，分明告诉每个游人，这里不仅是神仙会所，还是凡人脱俗成仙的理想之处。我不敢姑妄断言，仙人城是否就是遗落凡间的仙境，但若照苏东坡"宁可食无肉，不可居无竹。无肉令人瘦，无竹令人俗"的说法，这里至少是片高雅脱俗之土。

上山还不足一个小时，天色骤然变得昏暗无比，眼见山雨欲来，尽管游兴未尽，却也只能选择赶紧下山。小心翼翼踩着陡峭的石阶，我一路在想，我裹挟缭绕的香雾从仙人城走过，我不是仙官，也不是归人，我充其量只能算是过客，一个喜欢收藏快乐的过客。我无法带走这里的每一挂风景，但我将脚印印在了这片干净的圣土，还有我不曾更改的信仰。

游仙岩次韵

[宋] 曾 巩

尘埃黄发换朱颜，十载重来款故关。

天上楼台春寂寂，洞中鸡犬昼闲闲。

苔深尚识曾题石，木老难寻旧戏环。

未断凡心却归去，他年飞鸟会知还。

梨花如雪

应先林

到塔桥观赏梨花的感觉真好。

塔桥的梨树经园艺师剪裁，每一棵都被极规则地塑造为上下两层的造型，说是如此才便于采光、透气，以利果实生长。

塔桥的梨花经科学孕育，一朵朵丰腴肥实，色泽鲜艳。加之近千亩连成一片，气势甚为壮观。

对于花木，我没有研究，故谈不上情有独钟。然而，当第一次直面如雪如浪、如此壮阔的花海，心绪的萌动又岂止是"独钟"二字能了的，简直是欣喜若狂。

我扑进梨园，正要唤摄影协会主席刘永华先生为我拍照，但不想永华已被同行的几位女士给缠上了。于是，我会心地笑笑。因为，女人如花，女人比男人更喜欢花。望着女士们拍照时的那兴奋

劲，我在想：观花固然是一种享受，观美女也是一种享受，观漂亮女人在洁白无瑕的鲜花丛中拍妩媚照，更有一种说不出的愉悦。

和风轻轻吹拂，花瓣微微颤动，仿佛万千蝴蝶在翻飞起舞，亦如波光涟漪。这时，原本静止的梨园，须臾间便游动起来，伴随着成群结队陆续前来观赏的游客的声声嬉笑，梨园处处荡漾着生机，涌动着活力。而那微微颤动的花瓣，又仿佛是在向游客表示着欢迎或致意。

梨花如雪，雪一样的晶莹，雪一样的剔透。置身花林，仿佛雪拥浪簇；举目环顾，茫茫白色，一望无际；好在花与树有着颜色差异，才不至于产生"何处是归程"的错觉。偶尔有几只蜂蝶在眼前盘旋，但很快又消失在花海之中。

梨花如雪，又不同于雪。当皑皑白雪将大地覆盖，常常给人以冷峻、肃杀之压迫感。而如雪的梨花，却充满着生机，散发着芬芳，带给人们的是清新、是鲜活、是希冀。

梨花如雪，却又沿袭着雪的使命。寒冬腊月，瑞雪纷飞，

覆盖泥土，冻死害虫，泽润果蔬，可望来年丰收。而满树的梨花，则在繁华之后，结成殷实且又甘甜的果子，以此来回报对它们精心呵护培育的果农。

我如醉如痴地欣赏着这眼前的美景，

脑海里却忽然闪过儿时的一桩往事。大概是六岁那年，堂伯家门前的池塘边有一棵梨树，树上的梨子早在未熟时便被人们摘吃了。一日，长我两岁的堂  哥无意中发现树梢上的叶丛中还有一只熟透的梨子，便找来竹竿上树采摘。他特别交代在树下等候的我千万不要让梨子滚入池塘。然而，或许是天性使然，当堂哥把梨子打下来，我捡起之后撒腿便跑，意在独享。堂哥在树上急得直叫唤，我头也不回，只想跑得越远越好。不一会儿，堂哥追上来，一把抢过梨子，转身就走。我边哭边追，正好遇上从菜地归来的堂伯母。伯母截住我们，问明原委，便从堂哥手中夺过梨子带回家，洗净后用菜刀一切两半，并让我先挑。我略加观察，毫不犹豫地挑了大的那一半。堂哥不服气，说梨是他从树上打下的，大的那一半应该归他。伯母便笑笑说，你的课文里面不是有孔融让梨的故事吗，怎么白读啦？堂哥迟疑地看看伯母，又看看我，然后有点不情愿地一手拿着梨，一手牵着我去玩耍了。如今看来，此事颇为可笑。然而，那年代的农村，能够吃上一次熟透了的梨子，犹如今之品味上等佳果，回味无穷。

"塔桥"牌蜜梨就属上等佳果，鲜、甜、脆、嫩、水分足，口感好，真可谓"甘香珠蜜冷，脆美玉霜阳"，它多次在全国性鉴评会上荣获金奖和银奖。而"塔桥"牌蜜梨之所以能成为果中上品，最关键的就是有一套科学先进的培育系统。

塔桥，位于贵溪市北端丘陵地带，这里依山傍湖，风光秀丽。塔桥园艺场的前身是原国民党第十二兵团司令黄维和著名民主人士、民国初期的江西省军政府第二任都督彭程万的私人庄园（二人均为贵溪人）。新中国成立后，由军队接管改建为八一农场，后又几经更名为劳改农场、国有农场、园艺场。

塔桥园艺场种有梨、柑橘、桃、李、板栗、柚、橙等果树，仅梨树的种植面积就有两千余亩，每到仲春时节，万千梨花同时绽放，大有"占尽天下白，唯有此花霸"之气势。

梨花如雪。花是白的，白得素洁、白得高雅；而果实是甜的，甜得滋润、甜得酣畅。能在这高雅而又酣畅中尽情地逍遥一把，岂不是人间乐事？

迷人的白鹤湖

陈贵兴

　　贵溪境内西北距县城33千米远的地方，建有一座硬石岭水库。因库区内有成群白鹭鸟在水面纷飞，在岛屿栖息，2001年，经贵溪市政府批准，又起名白鹤湖。

　　你若来到此地，站在翡翠如屏的高高土坝上，面对库区放眼望去，只见碧波滔滔，银光闪闪，两岸草木苍翠欲滴，蜂蝶共舞；极目远处，群山连绵，云腾雾绕，变幻无穷；抬头一瞥，蓝天白云，白鹭翱翔，水鸟争飞……其情其景，顿时让人感到鲜活而秀丽，热烈而娴静。这时，和风徐徐吹拂，柔浪轻轻拍岸，飞禽双双对对，如诗如画，如歌如曲，却又显得那么和谐、自然，使人浑身舒畅而精神抖擞。旖旎的湖光山色，会一下子把你迷住，让你流连忘返，不愿离去。故此，2004年，经国家水利部批准，硬石岭水库被定为全国水利风景区之一。

　　水库总占地面积为2.55万余亩。该水库在20世纪70至90年代期间，对资源的开发利用，达到过一定的规模。水库有水田300来亩，年产粮食近20万公斤；有山地2000多亩，已先后开发果林800余亩，年产柑橘曾达30万公斤，销往北京、黑龙江等省市。其柑橘等果品因受长年的湿风滋润，甜而不涩，备受顾客青睐。养鱼水面3000余亩，年产鲜鱼也曾超过3万公斤，远销福建，并曾空运至北京参加展览。据说当年毛主席吃过硬石岭水

库养的鳙鱼后，曾赞扬"水库养鱼好"。

由于白鹤湖水量丰富，可灌田5.3万亩，让鸿塘、志光、滨江等乡镇年年丰收。周边青山环绕，植被茂盛，人口较少，环境幽静，空气清新，保持着良好的自然状态。其沿岸陆地大部分坡度平缓，易于改造，便于行走休闲。同时，塔桥园艺场与其接壤，而这里又是中国南方栽种面积最大、产地最集中、品种最齐全的早熟梨生产基地。且该场拥有果园四千多亩,梨、橘、桃、李、柚等争奇斗艳。两地均是开展绿色旅游、农业观光的好地方。

硬石岭水库经水利部命名为全国水利风景区后，贵溪市以白鹤湖为中心，以休闲度假旅游为特色筹划建设。经过多年努力，白鹤湖已有多处景点展示在游人面前。它的迷人之处，就在于这里的山好水好生态环境好。

游湖入口处于2001年修建了一座别具风格的门楼。它高高耸立，大方、简朴，雅俗共存。四根大柱形成三道大门，中间门楣上由著名书法家书写的八个大字"白鹤湖名胜风景区"金光闪闪，十分气派。

硬石岭山域面积约有一平方千米，山体表面呈乌黑色，临水一面峻峭挺拔，犹如刀削，连绵起伏。靠山野田畈一面坡度平缓，可徒步攀登。门楼右边开有百级石阶，能直上山顶最高点。山顶已建有风雨亭四处，这里视野开阔，风光无限。坐在亭上朝水一望，水库全貌一览无余：滔滔碧波与山相接，绵绵远山与天相连；足下鱼鹰白鹭齐飞，头顶白云蓝天相映。凉风徐徐，松香阵阵，让人心旷神怡，浮想联翩。往后瞧：远近烟村如画，纵横阡陌，晴时还能清晰地看见远处的高楼大厦。来此，可尽享返璞归真的情趣。真是近可赏果林风光、听松涛澎湃，远可辨城市轮廓、观丘陵美景，其妙难言。

硬石岭中段山下有许多岩洞，较有名的洞有"八一岩洞"和"虎岩洞"。据说，"八一岩洞"是当年红军游击抗战时期的一个据点，这里离村远，草木茂，不易被敌人发觉，且又能避风遮雨，居高临下，守退均可。虎岩洞处原有虎岩庙。这庙先前是当地老百姓一处朝拜点，今仍有条小路，通过一片密林杂草，可到岩洞去。两洞面对水库，岩洞里冬暖夏凉，气温十分宜人。

湖内有座岛，叫船珠山。山顶虽然不到百来平方米，但这地方位于湖的半中心，草木茂盛，环境幽静，白鹭鸟爱在此栖息。每当白鹭觅食或傍晚归巢，集于岛上。这时，它们翩翩飞翔于水面，或停于枝头搔首弄姿，多时数千只，远望如白雪盖树，很是壮观。游人可观赏到"白鹭翔集"、"日暮鸟归"的自然画面，在湖区内是一处明丽的诗画小品，又是一处难得看到的动态场景，观者无不赞叹。

东湖漫步

俞新华

　　有朋友来我家，看着我电脑桌面上的照片，惊奇地问："这是哪里呀？是东湖吗？东湖有这么美吗？我怎么没发现？"上了大学的学生回来看我，也指着那张照片问："老师，这是你拍的吗？这是东湖吗？你不说别人还不敢说是呢！"可见，东湖，在人们不经意间已经起了很大的变化。当然，从另一个角度来说，在平常生活中，你如果对身边的景物、事物不稍加留意，那么，你每天都有可能与美丽失之交臂。

　　我有漫步的习惯，从年轻时开始。那时候，这个城市里的人大都喜欢窝在家里看港台剧，后来又热衷于上舞厅，然后又与时俱进地进KTV、"修长城"……我可以随心所欲地在外游荡，路上就稀稀拉拉的几个人。所谓漫步，就是没有固定方

向，没有规定指标，比如最近几年人们突然意识到"生命诚可贵"、"生命在于运动"，便每天饭后必在操场转几圈或规定每分钟走120

步之类。我一般根据时间长短而定远近，或看天行事。倘若天空飘着蒙蒙细雨，我就只在林荫路两旁溜达，撑一把伞，独自体验"悠长悠长"的"雨巷"的滋味，顺带着回忆一点如"丁香"般的往事。一般情况下，东南西北，信马由缰。

十年前的东湖，还只是鹰潭的郊外。那时候，鹰潭郊外的夜晚，可不像莫斯科郊外的夜晚那样富有诗意，也不像现在的东湖那样热闹；但相对其他几个方向来说，她还是空间大一些，房屋少一些。于是渐渐地，漫步的方向就比较专一了。然后，我就一年一年地眼见着她的变化。我看着她犹如"养在深闺人未识"的小姑娘，一天一天长大，一年一年变化，变得越来越让人赏心悦目了。于是乎，上门来看这"美少女"的和喜欢跟她亲密接触的人，一夜之间，几乎挤满了东湖。男女老幼，人人得而乐之。想着那年下大雪，我独自绕湖而行，迎着凛冽得让人清醒的寒风，听着脚下"咯吱咯吱"的踏雪声，那种享受现在很难有了。但我还是愿意去东湖。

现在的东湖，不光是鹰潭一道亮丽的风景，还是老百姓休闲不可或缺的一个好去处了。从春到秋，每天落暮时分，就可见单个的、成双的、成群结队的人往东湖去。有健步走的，有跳舞的，有练功的，还有大大小小的少年儿童去溜旱冰、踏

滑板的，还有小孩被父母抱着牵着去玩各种游戏的……而我仍然自顾自漫步到东湖，然后绕湖一圈，有时也找个僻静地方坐下来，欣赏眼前的东湖夜景。在优美的舞曲旋律中，看远远近近明明灭灭的灯火，看幽静的大桥下装饰桥拱的灯在湖中演变着七彩的虹，和被各种彩灯渲染得深情而诡秘的湖水，还看湖对岸正用各自不同的方式释放自己心情的人们。我可以沉浸于此，也可以遐思。闹中取静，俗中觅幽，也是很美的享受。只不知我在看风景的时候，是不是也成了别人的风景？

　　这些年，无论是外地的家人还是朋友，只要来鹰潭，我一定带他们去东湖！

鹰潭以驻地旧名鹰潭坊得名。传说龙头山上有许多大樟树，而山麓下有一个深潭，许多老鹰经常在这一带盘旋飞舞。树影婆娑，潭水清幽，"涟漪旋其中，雄鹰舞其上"，成为一道绝美风景，鹰潭由此得名。鹰高潭深，亦幻亦真，如梦如诗。这里的山水，别有风味；这里的人，亦别有一番风情……

品味

地方风情

鹰潭市省级非物质文化遗产名录

遗产名称	类　别	申报地区
龙虎山正一天师道音乐	传统音乐	鹰潭
贵溪畲族马灯舞	传统舞蹈	贵溪市
鹰潭水粬果仂	民俗	鹰潭月湖区

水粬果仂

畲族马灯舞

文化视野中的鹰潭

傅辉年

迄今为止，我在鹰潭生活的22年，是这座城市最辉煌的岁月。

最早知道鹰潭，是小时候吃腌菜压萝卜，母亲用来盛这些咸菜的容器，是鹰潭产的用陶土烧制的坛坛罐罐，造型古朴，色泽或橙黄，或乌亮，讨人喜欢。在我心目中，鹰潭是个陶乡，一如景德镇之为瓷都。

鹰潭一位文化名人告诉我，20世纪50年代初，鹰潭的整体形象可以概括为四个一：一条老街一栋楼，一个公园一只猴。鹰潭原先只有一条唯一的小街。镇上最拔尖的建筑物，是一栋砖木结构的两层楼房，是原国民党海军司令桂永清的住宅；鹰潭的标志，非它莫属，当时已经改作镇人民政府的交际处，类似今天的宾馆。公园原本也是桂永清的私家花园，人民政府接管以后辟为人民公园，对公众开放。公园里可供观赏的，除了水榭花木，只有一只小猴，被视为镇上的明星。

后来读著名学者钱钟书先生的长篇小说《围城》，其中写了抗战期间鹰潭的一家小旅店，那个形象几乎令人恶心。小旅店"楼上住人，楼下卖茶带饭"，卖的红烧肉"又冷又黑"，卖的馒头上"全是黑斑点……这些黑点原来是苍蝇"。楼板被旅客"践踏得作不平鸣，灰尘扑簌簌地掉下来"。客房里"剥落的白粉壁上歪歪斜斜地写着淡墨字：'路过鹰潭与王美玉女士恩爱双双题此永久纪念济南许大隆题。'"……

这么一个很不起眼的小镇，是什么使它拥有今日的辉煌？

是文化。

鹰潭的自然地理面貌孕育产生了鹰潭区域性的多元文化。这里盛产瓷土，早在3500年前的商代就出现了陶窑。距鹰潭市区七千米的葛山（后称角山）曾经是规模制作陶器的基地，在中国技术史、经济史、艺术史上都有重要意义。鹰潭出土的古陶器上的花纹表明，古代鹰潭人在数学上使用了人类最早使用的五进位制。我幼年司空见惯的鹰潭陶罐，是葛山文化最优秀的部分之一。鹰潭的古百越（又称百粤）族对中国文化做出过重要贡献。唐代柳宗元诗云："共来百越文身地，犹自音书滞一乡。"古百越族的殡葬习俗，春秋战国时期遗留至今的百越族人悬棺崖墓群落，有很高的历史与文化价值。在龙虎山古百越族崖墓的考古活动中发现的古代十三弦筝和古代木制纺织器材，使学者们不得不考虑部分地改写中国的文化史、技术史和

音乐史。百家争鸣，先秦诸子至少有两家——儒家与纵横家，在鹰潭地区传道、授业、解惑，是因为他们钟情于鹰潭的山、林、水、土特有的灵性。纵横家始祖鬼谷子传世著作《鬼谷子》一书，虽然历来有学者认为是汉以后的人的伪托，但是鬼谷子及其门徒苏秦、张仪在鹰潭留下的遗迹，并非无中生有，毫无根据的。特别是儒家在宋明理学

兴盛时就有"象山"、"石林"、"同源"、"理源"、"玉溪"、"玉真"、"静江"、"忠礼"等等书院。其中象山书院与庐山的白鹿洞书院、铅山的鹅湖书院同时享誉国内，影响遍及全国。20世纪40年代我国杰出的民主斗士、著名文化人邹韬奋是鹰潭的山水田园和文化哺育成长的。鹰潭的文化传统影响了一代又一代的鹰潭和鹰潭以外的许多人。东汉张道陵及其道教在中国众多名山大川中唯独选择了鹰潭的龙虎山，关键在于鹰潭的地理环境和当时鹰潭的文化环境与文化个性。鹰潭的奇山异水，随处可见的石寨、石峰、石桥、石门、石洞、石谷、石柱、石梁等等自然风光，神形兼备，亦幻亦真，如梦如诗，无疑是张道陵和他的道教所需要、所追求的宗教的神秘精神与宗教文化的物化和形象化。

鹰潭在古代早已是皖浙闽粤湘赣的交通要冲。现代交通特别是浙赣、皖赣、鹰厦东西南北纵横的三大铁道干线，更增添

了鹰潭的文化活力，扩大了鹰潭的文化传播。20世纪70年代，中国最大的铜金属冶炼厂曾经初定选址在德兴，最终由于鹰潭地处诸多矿藏地中心和拥有丰富的水资源而在鹰潭的贵溪建厂。

时代制约文化。鹰潭的地域性多元文化主要是在春秋战国百家争鸣的时代产生的。一只猴子当明星和钱钟书先生笔下的鹰潭，是中国那个时代的鹰潭。新中国成立以后鹰潭起落无常，兴衰多变。到了20世纪80年代，这个中国历史的新时代，鹰潭的文化价值才被理解和实现。正是在这个时代，一代伟人邓小平断言，鹰潭"是个好口子"。

古老的鹰潭，年轻的鹰潭，都是文化鹰潭。是文化（包括中国和全世界的先进文化）造成了今日鹰潭的万象回春，万家灯火，万商云集，万户生佛，万流仰慕，直至日后的万古长青！

作为一个在鹰潭生活了许多年并且深爱它的土地、人民和文化的人，我想：有什么比致力于不断发展鹰潭古老而年轻的文化，不断提高鹰潭人的文化素质更重要？

魅力古镇

谢国渊

上清古镇很小，一条青石铺就的古街贯穿东西。溜光的麻石台阶、凹陷的轮印辙痕，青黛的木门灰瓦，斑驳的雕栏屋檐，无不昭示着小镇的古老。

在古镇东头，阳光透过高高的屋檐，剪出一块空间。有一精神矍铄、满头银发的剃头师傅，把古色古香的剃头担子稳稳地摆在一角。一位六十多岁的奶奶手执竹梢，正赶着一位七八岁的孙子来这儿理发。顽皮的

孙子被按坐在椅子上，脖系白色围布，低着头，一副极不情愿的样子。老师傅一手拿着梳子，一手拿着剪刀，丝丝发屑纷纷落到围布上。然后，他又娴熟地拿起剃刀，"嚓嚓嚓"在发黑的布条上来回磨蹭了几下，不紧不慢地给这位小主顾刮着头。老人十分专心地"工作"着，不，更像是表演，他正向人们展

鹰潭

示着自己精湛的手艺呢。

　　和煦的阳光，古老的土墙，古旧的剃头担子，仿佛是远古文明与现代文明交错中残存的记忆。

　　沿着青石板街道往前走，狭小的街面店铺林立。在天师府旁边，听到"叮叮当当"清脆的铁锤击打的声音。探身一看，是一铁匠铺。一位年近六十的老师傅，身板硬实、红光满面，他穿着一件红色的背心，胸前挂一牛皮围裙。他健壮的胳膊抡起一把大铁锤，正在一根赤红的铁条上猛打着。红红的火苗映出了被岁月磨硬的地面、风箱、水缸以及锈迹斑驳的门壁。师傅说，儿子在市里工作，叫我不要再打铁了，跟他去城里享清福。可是，他至今仍坚持打铁，是因为几十年的打铁生涯已成为他生命中不可割舍的情结。

　　打铁是一门古老的手艺，在农耕的年代，他的铁匠铺门庭若市。他炉火纯青的技艺曾红极一时。而今，铁匠铺却成了古镇的装点、岁月流逝的印迹。

　　古镇，恬静、安宁。漫步在狭窄而悠长的青石板街道上，不时有深深浅浅的小巷延伸。绕着这些弯弯曲曲的小巷，"李氏宗祠"、"留侯第"、"天师家庙"、"长庆坊"等古宅映入眼帘。走

近脱落的墙角，老人结伴而坐，闲聊着陈年旧事。银白的头发、深深的皱纹，老人们被阳光涂抹成一幅精致的油彩画。

在上清古镇，你会与"豆腐西施"或光着膀子的屠夫不期而遇，会撞见手拄拐杖在柚子树下乘凉的老婆婆，会遇见在弄堂口悠闲地下棋的老爷爷。你也可以去天源德国药店看看当年的药铺柜台，去天师府寻找曾经钟鸣鼎食的遗迹，去长庆坊了解朱丹溪行医的往事……

今天，这一切的一切已经成了一种符号，一种象征。然而，通过它们，我们却能够寻觅到古镇祖先们生活的踪迹。

上清古镇的魅力何在？是什么吸引了世人的目光？是风雨沧桑的青瓦白墙，还是保存千年的石阶古道？是历史烙印的天师府第，还是源远流长的道教文化？时光飞逝，物是人非，房屋还是那幢木结构的瓦房，街道还是青石铺就的街道，可是，小镇因为诸多不曾消失的事物而成了古镇，成了人类文明的遗产。也许，这就是古镇的魅力所在吧。

民情风俗味更浓

桂郁良

上清古镇不仅山清水秀，而且民风淳朴。镇上的人们勤劳善良，热情好客。千百年来，他们流传和保留了许多特别的民情风俗。

每逢谷雨时节，上清周围的山林烟笼雾锁。生长在这种环境中的茶叶，味道自然清香怡人。镇上的居民把自采自制的"谷雨茶"当做上品，客人来了，首先是"吃茶"，成为一种习俗，并逐渐扩展到定亲办喜事，桌上摆上糖果、糕点，诸如麻片、灯芯糕、板栗干等，每人一杯清茶，称为"茶食"。谁家来了客人，左邻右舍都端来一大碟果子，桌上摆得满满的，让人感到邻里和睦的浓浓乡情。

上清一带男女定亲叫做"看主家"。男方同意后，女方父母择吉日带领女儿、亲戚到男方家里"看主家"。男方要放鞭炮迎接，并准备糖果、糕点，摆放在拼拢的几张饭

桌上，双方父母和亲戚依次而坐，商议婚事。男方相好的街坊邻居也要"传茶"，送来食物。双方结成儿女亲家，男方则大摆宴席，称为吃"成事饭"。

女儿要出嫁了，有哭嫁的风俗。新娘离开父母远嫁他乡，要向父亲和亲戚哭别。女人们哭成一团，哭声带着地方音调，如同歌唱，而哭唱的歌词内容是非常丰富的，是现编现唱的。哭嫁时，许多人围观着，从哭词中品味出新娘对娘家父母的深厚感情。父母和亲戚依依不舍地叮嘱新娘，并送给红包，作为"压箱钱"。然后新娘到厅堂跪拜祖宗和父母，作为对娘家最后的辞别。辞堂后，由舅舅抱着出门上马或上车。

婚后第二天一早，男方家打麻糍作为点心招待宾客。打麻糍也是镇上传统的饮食习俗，别有风味。镇上办喜事一般都打麻糍。打麻糍要先把糯米浸好，然后放在饭甑里蒸熟，倒入石臼中，一人用木槌打，一人拨动。打好后放入盆中，拧成许多小块。拌麻糍有用豆粉的，也有用磨碎的芝麻拌上白糖的，也有用红糖、蜂糖拌的。

结婚第三天上午，新郎陪新娘回娘家，新娘的娘家放鞭炮，办酒席，迎接新郎新娘，称为"转面"。

婚后的第一个春节，夫妻二人去女方父母家拜年。女方的街坊邻居有端果子来吃茶的，也有请新郎新娘吃饭的，男女老少都叫新郎为"新姐夫"。

一方水土养育一方人。独特的风情习俗，为文化的沿袭和传承创造了一个不同寻常的载体。

上清古镇春节跳龙灯为节日增添了热闹的气氛。正月初一，吃过早饭，大人小孩都出门看灯。灯到来之前，都由下帖子的先到各家各户散发帖子，是亲戚的下"全帖"，还要招待吃喝，出灯的村要做记录，写下谁家招待、点心名称和菜的种类。这正是：正月正，跳龙灯，小街小弄锣鼓喧；龙灯上下舞，风调雨顺把劲鼓。

正月初一，各家各户不动剪刀，不用针线，不打骂孩子，体现出祥和与吉庆。初二，亲戚邻里往来，新女婿到岳父母家

"上门"，拜年的礼物多为熟肉、糖、果子、糕点等，长辈收下肉、糖和少量果子，但糕点是不能收的，因为糕与"交"谐音，收了糕，则意味着断了交情。收了礼物，长辈也要备些"回篮崽"的礼物，象征着礼尚往来，常来常往，感情不断。

经历了世事沧桑，就自然多了一点平常心态，而行走于古朴的上清古街，观赏古镇质朴的民俗，品味古镇厚重的文化，你会感到平静安宁的生活恰似一坛谷酒，一见到这古镇人事的祥和，和"丰年留客"的淳朴，就会有一种陶醉的感觉，这不就是人们常说的返璞归真吗？

对游客而言，吸引他们的，不仅是古镇的"形"，更重要的是古镇的"神"，是"小桥流水"之外的"人家"——古镇蕴涵着的传统文化趣味和处世哲学，一种在大都市难以寻觅的富有人情味的世俗生活。

话说灯芯糕

应先林

我喜欢出行，故常在浙赣、皖赣、鹰厦铁路线上往返奔走。

"灯芯糕、灯芯糕、贵溪灯芯糕……"或许是情怀，或许是意识，每当列车售货员推着小货车来回叫卖，我的心头自然就会升腾起莫名的自豪，且会非常友好地向周边旅客介绍起贵溪灯芯糕的制作历史及典故由来。之所以会这样，一是因为贵溪是我的第二故乡，二是贵溪"铁拐李"品牌灯芯糕的创始人叫应龙。按宗亲规矩，可称之为本家了。

据史志载：明万历年间（约1633年前后），抚州人应龙来到贵溪，在县城贩卖灯芯草，不久定居下来，先开小货栈，后改行开糕点铺。为扩大销路，他别出心裁，将云片糕添加白糖和优质麻油，切成细条，形似灯芯，故取名为"灯芯糕"。为谋生意兴隆，他又以自己名字为号，改糕点铺为"龙兴铺"。"铁拐李"灯芯糕经应龙的子孙几代改制又配以东南亚及非洲的丁香、肉桂等三十余种名贵中药，更加美味可口，更加声名

123

大振，遂成为江西四大名特糕点之一；清代列为贡品，曾被乾隆皇帝誉为"京省驰名，独此一家"。

至于为什么要命名为"铁拐李"灯芯糕，无从考证。但在贵溪民间却流传着这样一则故事。应氏家人生性敦厚质朴，勤劳节俭，且非常善良，每当有穷人上门求助，都会慷慨接济。某日傍晚，龙兴铺门前来了一位手拄拐杖，浑身脏兮兮，双脚长满烂疮，且流出来的脓血又腥又臭的叫花子。应家人见后，虽说心里不怎么高兴，但还是照样拿了些钱和糕点打发这叫花子。谁知这叫花子接过钱和糕点后，竟然又提出要在此处借宿一晚，应老板本想拒绝，但看看这叫花子实是可怜，便答应把

他安排到厢房过夜。但叫花子却摇头说："老板，我想在你们家作坊的案板上睡一晚。"话音刚落，只见应老板大吃一惊，半晌说不出话来。少顷，他缓过神，连忙摆摆手说："不行，不行，案板是做糕点用的，你这一身又脏又臭的睡上去，我还怎么做糕点？""不让我睡案板我就不走。"叫花子说着便一屁股坐在地上。"你？"望着面前这个无赖之徒，应老板又是同情又是憎恶。这时，店铺里别的顾客都纷纷地指责叫花子不识好歹，且劝老板将他扫地出门。然而，秉性善良的应老板瞧瞧这孤苦伶仃、可怜巴巴的叫花子，最终还是动了恻隐之心。他想，既然这样，干脆善事做到底，大不了等叫花子走后把卫生打扫干净就是了；况且这世道混乱，加上这事情本来就来得既突然又蹊跷，如果再这样僵持，谁知道这叫花子还会干出什么事来。于是，他咬咬牙答应让叫

花子到作坊案板上睡一晚。

翌日清晨，应老板刚起床穿好衣服，便有伙计告之，叫花子不见了，但整个作坊香气阵阵，沁人心脾。应老板似信非信地瞧瞧伙计，急忙走进作坊，只见作坊里什么也没少，案板上干干净净的，唯有这扑鼻而来的香气，让人觉得心舒畅、气清扬、胃觉开、嗅觉美。此香只能天上有，此香只有神仙做，它使人如痴、如醉、如梦、如幻。"啊！啊……"忽然，应老板禁不住欣喜若狂地直唤："我遇上神仙了！是铁拐李大仙光顾我家店铺了！"于是，他毅然决定，把"龙兴铺灯芯糕"更名为"铁拐李灯芯糕"。从此，生意越做越火，越做越旺。

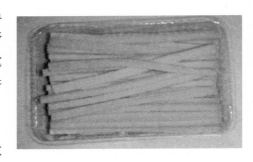

神乎？不神；玄乎？不玄。或许唯有如此，才能佐证"铁拐李"牌灯芯糕的来由。而真正的神而玄，就是那位编撰这个神话故事的高人，是他把这个品牌推向了极致，是他让这一食品历经数百年而不衰。

因此，我们所有的贵溪人都应该感谢此人。感谢他让我们每到逢年过节能拿出自己的名特产品馈赠亲朋好友，感谢他使得我们共同的家园——贵溪这个名字越唤越响亮，越唤越深远，越唤越神奇。

"灯芯糕、灯芯糕、贵溪灯芯糕……"朦胧中，我被这熟悉而又亲切的声音唤醒，望着列车售货员渐渐远去的背影，我是多么意惬惬，心爽爽。

鹰潭

贵溪吃茶

邹志兵

　　贵溪人"吃茶"的情形是与别处不同的。它含有佐茶的果点在内，所以这里不说"喝"而说"吃"。贵溪人把不含有果品的茶叫"白茶"，而用白茶待客，则是被认为是最不礼貌的事。正因为如此，所以这里一年四季，只要是来了客人（尽管是常来常往的），也要沏上热乎乎的茶水，端出三五碟果品。如果偶然碰上家里没有现成的，便要涮锅烧火，"麻利"地端出冒着香味的豆子、南瓜子之类的东西来。而且，只要是你进

了人家的门，就非得坐下来吃碗茶不可，否则，主人会以为你是看不起她而心中不快。

　　当主人招呼你坐下时，会立即倒出半小杯茶放在桌上。这茶是供客人漱口用的。等主人准备

就绪，就倒掉重沏，并坐在一边陪着你，嘴里还不停地说："吃点'么哩'，不要吃白茶！"此外，如果你为避免浪费，主人倒满了你就喝掉，这就大错了。因为主人见你茶杯不满，便理解为还想喝的意思。结果你越是怕浪费而下定决心喝下去，

主人越是要给你倒，直到你恳求，主人才明白。这种乡俗往往使初到贵溪的人闹出一些笑话。

妇女们以茶聚友，这恐怕是贵溪吃茶的第二个特色了。

每年正月初十以后，男人们在外做客，女人们在家也不甘寂寞，那就是传茶邀友。先是一家发起，然后顺次相传。左邻右舍的女客人和来往亲密的姊妹都在被邀之列。它的形式和吃酒差不多，只是以茶代酒，全是巾帼罢了。一般是一两桌，有时也有摆上三五桌的。每次多在下午1时左右开始，那热闹气氛并不比男人们猜拳行令逊色多少。而桌上的果品大都出自主妇们的心裁，除花生、豆子外，还有各色各样的南瓜干、茄子干、番薯片、腌菜心等。客人到齐后，还要上菜，一般都是素的，如炒芥菜梗、白菜梗、煮银子豆，或是蒸番薯、炒面条、炒年糕之类，大盘小碟，满桌都是。既有下菜的，又有果腹的，比起酒宴来更是独具风味。

第三个特点就是吃茶还起着一个工间餐的作用。男人们清

早起来，泡一碗茶，吃一点东西，再去出工。上午和下午的工间，则由妇女们拎一把水壶，提一个装着茶点的篮子

送到田头。遇到农忙季节，家里有人帮工，那就更讲究了。农闲季节，不少人家还有以茶代饭的习惯。一家人围坐桌旁，中间一盘番薯，四周几个小碟，放着瓜子、豆子之类，各人捧着一碗茶，就算是一顿午饭了。

　　茶叶一般都是自采自制，虽然不免粗陋些，但那味道却是很香的。一般农家屋前屋后都种有茶树。总之，贵溪人是很好客的，而吃茶则是表达这种情意的既重要又特别的方式。

家乡板栗香

谢国渊

"八月的梨枣，九月的山楂，十月的板栗笑哈哈。"凉风习习，秋意渐浓，家家户户收栗忙。很快，大街小巷便飘起了糖炒板栗的芳香。

一字排开的板栗摊前挤满了喜欢尝新的人们。老板一边翻铲着锅里的栗子，一边不停地吆喝着："又大又甜的天师板栗唷……"

听着熟悉的叫卖声，吃着暖暖甜甜的糖炒栗子，我的脑海里，满是家乡的板栗了。

我的家在龙虎山。家乡的板栗栽植有一千多年的历史了。相传祖天师张道陵在龙虎山炼丹时，因不爱荤腥，便栽种板栗，以栗代饭。受他影响，历代天师争相效仿。今天，泸溪河两岸的成片板栗林，就是当年天师们遗留下来的。

板栗树的命贱，极易种植。你随意栽下一颗小苗，只要无人攀折、无人砍伐，它就会不声不响地长大成材。板栗树不怕干，不怕涝，不用施肥，不劳耕作。它吃苦耐劳，再贫瘠的土地，都能欢实地扎下根来，勤勤恳恳地为你挂一树板栗。

春天来了，板栗树便争先恐后地换上绿装。无数的枝条伸展双臂抒写着生命的真谛，寂静的山野也因它们而有了灵气。清明前后，漫山遍野的板栗花次第开放，或如长长的毛毛虫，或似毛茸茸的狗尾巴，远远望去，朵朵串串米黄色的板栗花简直就是花的海洋，美不胜收。微风拂过，栗蕊飘香，沁人心脾。

花期过后，板栗的果实就一天天地大起来了。板栗的栗苞像仙人球，圆而多刺，毛毛糙糙，像个倒挂的小刺猬。记得小时候，板栗还未成熟，嘴馋的我们就会偷偷来到栗树下，盯着

树上诱人的板栗。我们捡起石头朝树梢掷去，"哗啦"一声，飘下几片碎叶，板栗却岿然不动。叹息中我们不停地朝树上掷石头，偶尔也会"啪"的一声，毛刺刺的板栗便窜入草丛。

我们急忙跳进草里，扒草寻觅，并急切地用石头砸开。奶黄的栗肉，脆脆的，甜甜的。有时来不及细细品味，就会听到远处邻家大婶的痛骂声，大家面面相觑，然后撒腿就跑，消失得无影无踪。

"白露核桃，秋分栗子。"一到秋分，青青的毛刺板栗就变黄了，有的慢慢裂开，露出了一个个饱满的栗子。

板栗营养丰富。孙思邈说："栗，肾之果也，肾病宜食之。"苏子由服用板栗治好了软脚病，"老去身添脚病，山翁服栗旧传方。安来为说晨光晚，三咽徐收白玉浆"。《玉揪药解》有载："补中益气，气虚益馁，培土实脾，诸物莫逮。"古人如此推崇板栗，其价值可见一斑。

天师板栗经过数代嫁接培植，已育出了适宜当地种植的多个优良品种。天师板栗以果大、肉嫩、色鲜、甜糯而闻名遐迩。先前，村里有眼光的人承包了荒山，种上了成片的天师板栗，收入可观。如今，家家户户的房前屋后、田头地角到处是栗树的身影。新植板栗也愈来愈多，板栗成为龙虎山景区继旅游业之后的又一大产业。每年10月，景区政府都会在仙水岩举办板栗节，这既是一项旅游活动，又是一次天师板栗推介会。板栗不仅成了龙虎山景区的经济支柱，也成了乡亲们的摇钱树。

回到家乡，遥望荒山岭上的板栗林，我不禁诧异起它的顽强生命力了。板栗不择地势，不让贫瘠，生长在家乡的山丘沟壑，沙洲岸边。面对烈日的炙烤、狂风的肆虐、暴雨的洗礼，它却毫不畏惧。只要给它一点土壤，洒下一缕阳光，它便生机勃勃、葳葳蕤蕤。

我是极爱板栗的。回家那天，母亲早早给我准备了许多上等板栗。我一边品尝着香甜的家乡板栗，一边倾听母亲的讲述。母亲说，隔壁张家的儿子，也是我的第一届学生，他初中毕业后，就跟着父亲去深圳打工，做泥匠。十几年后，他自己在深圳开了一家装潢公司。随着业务的进一步扩大，他先后在东莞、惠州开了分公司。想不到，这些当年的乡村顽童，凭着自己的坚毅，走出了大山，成了资产千万的大老板了。

听完张家儿子的故事，我心潮起伏、思绪万千。我突然觉得：这些不怕苦，不怕累，不屈不挠，顽强拼搏的山区孩子，不正是一颗颗生长在贫瘠荒山上的板栗吗？

金秋时节，正是板栗飘香时。我期待，家乡的板栗硕果累累，香飘万里。

天师八卦宴琐谈

汪建荣

　　龙虎山嗣汉天师府内的"天师八卦宴"在国内是颇有名气的筵席。它起源于哪朝哪代，哪一代天师，目前尚无确凿的文字佐证，但据上辈老人所传，至迟在清代中叶已十分盛行。"天师八卦宴"是历代张天师宴请贵宾或举行重大活动必备的筵席，名庖众多，制作精细，风味独特，且其中蕴含着丰富的道教文化内涵。

　　20世纪80年代中叶，随着改革开放的兴起，天师道文化得以恢复和发展，发掘和恢复"天师宴"也就成了热门的话题。1988年，当时鹰潭市的"龙山大酒店"（现为国贸商厦）有一姓黄的厨师，据称其祖父和父亲都在天师府当过厨师，熟知"天师八卦宴"的制作过程。在有关方面的大力支持下，黄师傅对"天师八卦宴"进行了抢救性发掘，在省、市都引起了很大的

反响。消息传到北京，中央电视台专程到鹰潭市进行了拍摄，并在《邻省风味》的节目中播出，时间长达18分钟（见《鹰潭市商业志》）。

　　"天师八卦宴"到底有哪些特色？何以有这样大的魅力？现笔者将调查采访所知整理成文，以飨读者。

天师八卦宴的制作

　　天师八卦宴用料考究，讲究鲜、活、美，一般分为两个等级。高档的八卦宴有獐、麂、鹿、兔、桂鱼等，中间一大圆盘以糯米、白莲、红枣等高档食物拼成先天太极图形。中低档的八卦宴以猪肉、鸡、鲤鱼等为主菜，中间的太极图以蒸蛋着色而成。忌食有四种，即牛肉、乌鱼、大雁（含野鸭）、狗肉。这四种菜寓意为"忠、孝、节、义"，故不能用。

　　天师八卦宴有两大特色。一是讲究色香味，每一道菜都有特殊的造型，且有一定的寓意。如：中间的太极图形表示"先定乾坤、后知方圆"；各种菜肴的着色，红色代表"乾"、黄色代表"坤"、绿色代表"震"、黑色代表"坎"等等。二就是讲究地方特色，如将当地的特产板栗、麻叶果、茄子干、霉豆腐、柚子皮等作为小菜点缀，对于远方来宾别有一番吸引力。

　　另外，天师八卦宴还有一条不成文的规定：它不像其他宴席，菜可以一道一道上，而必须是菜肴上齐宾客方可入席。

天师八卦宴的摆设

　　天师八卦宴对桌椅、餐具乃至每一道菜摆设的位置都有一整套的规矩。饭桌是雕花饰玉的四方桌（俗称八仙桌）、墩形椅。餐具是一种特制的"八卦盘"，中间一大圆盘，四周为扇形方盘，摆好后即为菱形八卦图。酒杯为高盏、青花碟、骨牙筷。

右上方为乾位，上最珍贵的菜肴，如木果（板栗或桂圆干、荔枝干），左下方为坤位，菜为青色，以示"天尊地卑"。鱼摆在离位，鸡摆在巽位。八小菜分别着以不同的颜色，以青、红、黄、绿为主，代表不同的方位。菜肴因四时不同，取鲜活，易购为佳。"天师八卦宴"摆设的特点：一是形象逼真，使人一看便知是太极八卦图；二是寓意深厚，虽然没有乾、坤、离、坎的符号，内行的人一看盘中的菜便知道八卦的方位。

宾客座次及用膳

宾客的座次一般由天师府的赞教、掌书负责安排。分"朝"、"野"两大类。在朝，则以官职最高者坐乾位，天师坐坤位作陪，寓意为有尊有卑，又含"地主之谊"（坤为地）。其下依次为巽、兑、坎、离、艮、震。赞教或掌书入席，坐震位或艮位。

在"野"，则以宗族（教内相同）辈分排位，取"亲、师"之意。家宴多以"师"为尊，推为乾位。天师八卦宴只坐八个人，从来不乱坐或加坐（少坐可以）。

开席一般以赞教或掌书先行起身敬酒，每道菜都得等到"乾位"最尊贵的宾客先下箸。有时坐在"坤位"的天师会先请宾客下箸。席旁有"金童、玉女"（即男女侍从）负责筛酒、递香巾等服务。

酒过三巡，召"穿堂"（旧时专门负责家庭演唱的戏班）奏乐演唱。一般由客人先点，"词牌"多为昆曲或赣剧，偶尔也唱一些民间小调。用膳完毕，天师和赞教首先起身，恭迎宾客依次退席。

当代对天师八卦宴的改进

目前，天师府内及鹰潭市各大宾馆均已对"天师八卦宴"进行了发掘和改进。比如当代"天师八卦宴"分为荤、素宴两种。荤宴以龙虾为乾（代表龙）、石鸡为坤（代表虎）、甲鱼为坎（代表玄武）等。其余各种主要荤食以颜色区分，配以四时之果。素宴则以豆制品为主要原料，八卦图形及其他素菜都是以豆制品精制而成，素菜荤用。一方面保留了八卦宴的传统韵味（如太极八卦图形、各种传统风味和地方特色等），另一方面删减了许多繁琐的礼节，尤其是封建的等级观念。原来的"八仙桌"也多以圆桌取代，不再限定人数。"穿堂"改为现代电视节目。制作的菜肴比以往更加精美。"天师八卦宴"以其全新的风貌笑迎四方宾客。

探秘"无蚊村"

徐同根

在龙虎山仙水岩景区内，有一个令游客啧啧称奇的小村落——"无蚊村"。周末，几位好友相约一同前往探秘、游玩。

从象鼻山景区穿过，沿着依傍泸溪河的旱路步行，一路丹桂飘香，翠竹欲滴，峰峦夹岸，山水相映，美不胜收。

走了十几分钟路程，就到了目的地。村口古老的祠堂和门楼彰显出村子深厚的人文底蕴。"无蚊村"又称许家村，村庄的居民全都姓许。据许家的族谱记载，他们是东晋著名道士许逊真君的后裔。几经迁移，唐末时，许姓部分后裔从江西抚州许湾迁到龙虎山焦坑定居后，以打猎捕鱼为业。有一天，许家老祖相一公打猎至此，早上把饭盒挂在树枝上，中午时饭仍有余温，认为此地是居家的风水宝地，于是举家迁来，至今已历44代，有60余户、230多人。

走进这个享有盛名的小村，在三面环山、一面临水的平地里，错落有致地分布着一片民居。沿着青石板路，踏上矗立的门楼。据当地人称，这个门楼始建于明朝永乐年间，清乾隆时重修过，风雨剥蚀，那时的风光与气派已成为历史。如今的门楼为三进两间式结构，12根门柱，是2000年重修的，并挂上"续衍箕山"的牌匾，诉说着祖先的渊源。

门楼后连着面墙，专门篆刻了许家的由来。拾级而上，村子中央是一个几十平方米的广场，广场建造有一个很大的墙画，俗称影壁，上面画的是"天师驱蚊孝母"的故事。传说，有一代天师的母亲性情好动，喜欢游山玩水。而这代天师也格外孝敬母亲，唯母命是从。这日，张天师陪伴母亲来仙水岩

游玩，沿路之上，看不尽青山绿水，奇峰异岭。不觉红日西沉，夜幕降临，于是，借宿许家村。时值初夏，天气乍热，村内成群结队的山蚊子特别大，咬起人来就是一个大包。村里人有顺口溜说，三只蚊子一盘菜，三只老鼠一麻袋，老鼠尾巴做腰带。天师母亲刚住进来不久，便被蚊子咬得全身红肿，气得直骂天师无能，成天只知道擒妖捉怪，连几只小小的蚊子都对付不了。天师满脸羞愧，对母亲道："请母亲息怒，我以为有什么大不了的事，只不过是几只蚊子，区区小事，何劳母亲大人动怒，我把它们赶走就是了。"说着天师抽出宝扇，问母亲要扇几下。张母不知其中缘由，便问天师详

情。天师说："我这宝扇扇一下，全村无蚊；扇两下，方圆十里无蚊……""好啦，别处我可管不了啦……"天师母亲被蚊子咬急了，只想把身边的蚊子赶走，未等天师把话说完，便抢过来说。天师点头称是，口念法咒，轻轻地一扇，但见：蚊公蚊婆，哼着小曲，拖儿带女，逃出山窝。于是，许家村便变成了"无蚊村"。

虽然这是一个美好的传说，不足让人信服。但许家村确实蚊子很稀少。许家村无蚊的秘密至今仍是未解之谜。有一种说法是，许家村三面环山，树木茂密，而在这些树中，有许多樟树、竹柏、桉树和枫树等。樟树为常绿乔木，有香气，能防虫蛀，它的气味能驱蚊虫。竹柏也是常绿乔木，奇特之处是树干像柏树，叶子像竹叶，是珍稀名贵树种，这种树其他地方不多见，而无蚊村却有近千棵。这些树木发出的特殊味道有驱蚊作用。

许家村有一个无蚊村饭店，三十多岁的许小根是饭店的老板。他说，村里没蚊，主要是因为村子南边一里处的后山上有一个巨大的蝙蝠洞，洞中有成千上万只蝙蝠，这些蝙蝠夜夜出

来将蚊子吃得干干净净，村外的蚊子也不敢来了。因此，村中就没有蚊子了。许小根说，天气好的时候他经常带着店里就餐的客人去参观蝙蝠洞。村民中还有另一种解释是，无蚊村里没有农田，三面环山，一面临水，河滩上全是河卵石，没有芦苇和荒草，因此，没有了蚊虫栖息的场地。

村干部许松柏给我们介绍，1991年，南京有一个教授专门写信给村组长许有根，请他寄一些树叶树皮去，他要研究一下是否是这些树有驱蚊作用。许多游客都慕名而来，一探究竟。

我们无法考证"无蚊"的秘密，徜徉过神奇的村庄后，齐坐在村口码头那据说会水涨石高的乌龟石上，饶有兴致地数着正对岸耸立的"九虎一龙壁"，欣赏清澈的泸溪河上舟楫往来、竹筏穿梭。不远处山顶庙宇传来隐约的钟声，使人如入梦境。大家一致相约，无蚊村，我们还要再来。

龙虎山下看悬棺吊装

吴兴人

　　"出游龙虎山，舟中望仙岩，壁立千仞不可上，其高处有如包囷（圆形的谷仓），棺椁者，盖仙人之所居也。"这是宋人晁补之在他的《鸡肋集》中对龙虎山仙水崖墓的记载。龙虎山作为中国道教的发祥地，而崖墓（又称悬棺）更是一座天然的考古博物馆。龙虎山崖墓数以千计，都镶嵌在悬崖峭壁上，下临深潭，高悬半空，最高者离水面七百余米，远远望去，星星点点，大小不一，大者如船，小的如盒，数量之多，位置之险，年代之久，文物之富，均为中外考古学家所称道。整个崖墓群如一幅巨大的历史画卷，和历代天师的故事联系在一起，更增添了浓重的神秘色彩。

　　国家文物局认定龙虎山一带的悬棺葬为我国春秋战国时期的墓葬。台湾著名诗人洛夫写有《悬棺》一诗，描绘了悬棺的情景："路人抬头仰望，沿着发根节节上升，暗忖：蚁

蝼的穴处，通常筑在有水的地方，那么高也许只有炊烟和死亡够得着。"这些洞穴连鸟兽都难攀缘，更何况人！要将这些数百斤的棺木送到这悬崖峭壁里，又谈何容易？那么，古越人是怎样把棺材放进去的？这成了一个千古之谜。

直到1989年6月，这个悬棺之谜始由古代机械专家、上海同济大学机械系副教授陆敬严解开一角。他组织了一个课题组，用原始的机械吊装悬棺，初步揭开了古代悬棺如何安放之谜。现在，当地的旅游部门还原、展示了古人的悬棺活动，作为游龙虎山的游览节目之一，吸引了不少游客的眼球。

国庆长假，我有机会到龙虎山一游。在泸溪河上，乘一叶扁舟，近距离观看悬棺吊装表演，很有兴味。表演是在下午1时整开始的。表演之前，由两名戴面具的戏曲演员上场，手舞足蹈，焚香祷告，念念有词，随着一声响锣，悬棺吊装表演开始。

棺椁是用质地坚硬的楠木制成的，放在泸溪河的一只小舟上，棺椁两端凿有方形的槽孔，便于运输和吊装。吊装表演由当地采药的五兄弟担任。他们先将棺椁用麻绳捆扎好，山下有一辆木制绞车，上装一个直径约一米的手摇轳辘，山顶有一个滑轮，通过绞车的转动，可将绳索收紧和放松。绞车上的两根长数十丈的粗麻绳直接连接山顶的滑轮，通过滑轮垂至江面，一根绳索连接悬棺。山下两个大汉费劲地用手摇轳辘，小舟上

的棺椁徐徐升空，升到五百多米的高端墓穴口。此时，忽见一名青年顺着另一条麻绳，从山顶降落，将棺椁轻轻地推入墓穴内。安葬者再顺着绳索灵便地滑落到小舟上。吊装棺椁大功告成，前后不过二十分钟左右。

悬棺吊装活动惊心动魄，有点近乎杂技节目的"空中飞人"，但有惊无险。试想一下，两千一百多年前的先人，居然能把几百斤重的棺木，用如此原始的工具吊装上去，实在令人叹为观止。但是，悬棺之谜，至今并未全部解开。比如，古越人为什么要用这种绝壁墓葬？什么样的人才能享受如此"待遇"？这些问题都没有找到令人满意的答案。有人说是为了让死者躲避战乱，有人说是为了寻仙得道，有人说葬在高山接近天堂，有人说是为了防止遗体腐烂，等等。这些猜测都没有令人信服的依据。因为在墓穴内发掘到的两百余件文物中，包括在墓穴内和周围的岩壁上，竟无一字记载。台湾诗人洛夫又写道："易于上天堂，也算是一种说法。骨骼散了架，其实哪里也去不了。他在风中飘浮着，生前穿几号鞋子，怎么也想不起来。请入土为安吧！他偏不，就让自己问号那样虚悬着。"这一系列虚悬着的问号，龙虎山旅游部门悬赏几十万元，邀请国内外有识之士来破解。但重赏之下仍不见勇夫出现，可见这些难题不是那么容易破解的。

鹰潭的民谣

熊长胜

　　小时候，乡间文化生活单调，常有一些老人拉长声音唱民谣，这种不用乐器伴奏的歌唱，易懂、易记，因为不仅朗朗上口，押韵，而且反映事物深刻，内容广泛。

　　记得有一段《姝仂拣郎》的民谣很有意思，揭露一个富户的女儿选对象标准苛刻，结果落得个嫁不出去的结局。有人给她提亲，对象是个读书人，她说："读书郎不好，笔头上加冤枉，三年五载守空房。"介绍个做篾匠的，她嫌别人"蹲在地上像狗样"。介绍个打铁的，她说人家"火逼心肝命不长"。介绍个种田的，她嫌人家"泥脚泥手擦上床"。这段民谣是由两个老年人对唱，一个扮大家闺秀，一个学媒婆模样，那表情、那声调，叫人捧腹大笑。

　　由于民谣产自民间，反映民间疾苦的占有很大的比例。劳动人民在自然灾害下，艰辛的劳动没有收获，便用歌谣抒发心中的情感，歌谣抓住事物的特征，声调哀怨凄凉，有很强的感染力。位于信江北岸的夏埠，由于地势低洼，常受洪灾之苦，眼见丰收在即的庄稼，经一场洪水化为乌有。民间流传歌谣："夏埠畈上一片洲，三年就有两不收，收的不是谷，全是荞麦和草粟。"

　　遇到干旱的年份，为了抗灾保苗，男女劳力都出动，汗水、忧虑伴着水车流出的水一起流进龟裂的田里，繁重的体力劳动并没有换来温饱，"有姊莫嫁流洪夏祝，娘车水，姊送粥；低坪姜娄，百姓发愁，不是车水，就是坐楼（水灾）"。通过歌谣表现灾荒年百姓的困苦，自然条件的恶劣和百姓生活的艰辛如画面生动地展现在人们面前。

纲常周家和严家，地势低洼，百姓生活更是艰难，甚至逢年过节也是忍饥挨饿，"纲常周严，无米过年，萝卜当肉，米粉当盐"。

信江沿岸一些船民，利用船替人装载货物维持生计，但船需要维修，微薄的收入既要养家糊口，又要维修船只，船民发出无奈的哀怨，"船有千条缝，赚钱不够用，若是够得用，又要去补缝。前一个洞，后一个洞，赚钱就是不够用"。

城区的商贾，虽是经商，但也有行业的歌谣。有体现经商之道的"三分生意，七分仁义"；有反映商人心理的"有货不愁贫，无货愁死人"；更有揭露商人掺假的"白天倚门靠壁，夜间凑铜凑锡（银匠店）"。

民谣是人民在长期的观察和实践中创造的，以口头流传的表现形式传承。它来源于生活，又反映生活，利用方言表达，涉及面广，如诅咒赌博的丑恶现象，入木三分地刻画出赌博带来的危害，"有个赌鬼人变呆，日日夜夜想和牌。不是缺七条就是少八饼，输得精光要吊颈"。

旧时鹰潭的民谣虽已不再流行，但它客观地反映了当时的现实。随着改革开放的深入，人民生活发生了巨大变化，那些擅长总结的农民，用自己的亲身经历唱出了新时代的歌谣，"往日种田真是苦，吃碗稀稀粥，收清了割又要去作水库；现在种田机械化，生产变化大，卖谷省得肩挑那用车拉"。语言自然朴实，富有诗意。这不需要伴奏的民谣，是民间文学的一个重要组成部分，它原汁原味，表现在农家、在田野，靠的是口传。人民生活的舞台每时每刻都产生着五彩斑斓的素材，为文艺创作提供了丰富的营养，需要文化工作者贴近实际、贴近生活、贴近群众，去收集整理，让民谣这种古老的文化形式口语化、形象化地反映时代。

标溪：中国茶亭的标本

吴厚荣

赤日炎炎似火烧，野田禾稻半枯焦。

农夫心内如汤煮，楼上王孙把扇摇。

这首形容酷暑情状的诗见于《水浒传》。遥想昔时炎夏，那些为谋生计而头顶骄阳，肩荷重担或手推土车，脚踩热路，浑身淌汗，口干舌燥的行人们，在长冈大畈、崎岖岭上，忽见一亭矗立道旁，快步跨入亭中，又见摆有茶缸或水桶，旁有竹筒、木勺，舀起一掬甘洌的茶水，"咕嘟"喝下，那是何等爽啊！

我在青少年时期，就多曾享受过茶亭的恩惠，也多曾见行人们在茶亭里饮茶小憩时那脸上舒畅的笑容。（20世纪五六十年代，贵溪还有多处茶亭。）由此，我一直怀有茶亭情结。

自从公路交通发达以来，茶亭隐退了。想不到，2002年5月23日，我却又与茶亭邂逅相逢了。那天，我为编写《红色贵溪》一书，到贵溪北乡老苏区白田乡标溪村调查，那里曾是土地革命时期贵溪县苏维埃政府驻地，是"贵溪第一红色堡垒"22名勇士引爆炸药与敌同归于尽的壮烈遗址所在。正在农舍中进行访谈时，有几位村干部在旁商议"暑天将到，要重开茶亭"的事，有人拿出一块"茶亭传牌"来，那是长约1尺5寸、宽约1尺、厚约半寸的木牌，两面整整齐齐写着全村户主的名字。据说，按牌上名字依次挨户传递，传到谁家即负责向茶亭供茶一日。我接过木牌看了看，觉得制作书写精致，似乎还涂了桐油，留下了印象。但当时我正忙于询问、记录"红色堡垒"保卫战的具体情节，就把茶亭传牌搁下了。

后来，在报纸上看到非物质文化遗产（"非遗"）保护的报道，忽然想起：中国民间悠久的茶亭风俗，似可列入"非遗"名录，倘若申报，标溪村那块茶亭传牌就是一个权威的物证了。我想，应该找到那块传牌，请当地妥加保管，并且拍照，交文化部门研究。

为此，我两次专程到标溪，先后找到党小组长夏木良，前后两任村民小组长夏加福、夏文良，会计夏根林，并到各户访问了男女村民四十余人，探寻那块木质传牌的下落，人人都说是有这么一块木牌，但就是不知现在哪里。我又召集村干部座谈，他们说是近几年许多人家拆旧屋、盖新楼，在搬迁过程中，那块木牌可能与杂物一起被处理掉了。而且，全村户数不断增加（由解放初的60多户增至如今的280多户），写在一块木牌上有几斤重，传递不方便，近几年已改用包装箱纸壳做传牌了，以前的木牌就自然被抛弃了。

虽然没有找到木质传牌，但在访问众多村民中，却了解到了标溪茶亭的历史与现状。

标溪茶亭立于村西约一里的古道中，东面近山，西临大田畈，称"亭子畈"。这条古道东通弋阳、铅山、乐平、上饶、玉山、德兴，西达余江、万年、余干，历来为赣东北交通要道，行人川流不息。据说历史上行人最多时一天千人以上，那铺路石板上的深槽，就是无数土车轮子留下的印痕。

这座茶亭的起源有两种说法。一说是：元末朱元璋和常遇春率大军到江西与陈友谅决战，时值盛夏，途中曾暂驻标溪西北的流源坞，演习列阵。饱受元朝统治者剥削虐待的标溪村民们，"箪食壶浆，慰劳义师"，纷纷给反元义军送茶水，络绎不绝于途。义军开拔后，村民们就在标溪与流源坞之间的古道上建起一座茶亭，为行人设茶，亦有纪念之意。时在元至正二十三年（1363），若按此说，此茶亭已有近六百五十年的历史了。（朱元璋军曾行经贵溪可能确有其事，因贵溪其他地方也多有相关传说。）另一说是：古来农村富户中有愿意积德行善者，修桥铺路造茶亭皆为义行善举，这茶亭大概就是这一带的富贵人家为古道上的众多行人提供憩饮之所而首创的。

这茶亭有一套管理制度，因而供茶历久不辍。村中主事者，从旧社会的族长到新中国成立以来的农会主席、村长、农业社主任、人民公社生产队长直到今天的村民小组长，不知换了多少茬，不必移交，谁上任谁就会主动地把茶亭事务兼管起来。主要是两项工作：一是维修亭子，使屋顶不漏雨，可坐可躺的长凳不断不歪；二是每年夏初制作供茶传牌，把全村户主名字写上（鳏寡孤独除外），于农历五月初一交给首户起供，依次传牌，至重阳节（二季晚稻收割完毕）停供。这期间，每天晚上，由上家把牌传到下家，接牌户当晚就要煮好茶，使茶水变得清凉，次日一早挑到茶亭，并带去茶碗。如当值户男人外出，则由母子、母女扛桶送茶。起供之初天气不太热，每日只派一户供茶，到小暑起就派两户送茶。最热时每天茶亭需供茶八担（每护四担）。由于办了茶亭，标溪村家家户户养成了种茶、制茶的习惯，茶叶量多质好。

当值户供茶那天，主妇会叮嘱子女随时到茶亭转转，一看到茶水快被行人喝光了，就立马又送去一担。偶尔也曾发生茶桶干了而未续送的情况，若同村人过亭看到了就会赶快到当值人家呼喊："亭子里没有茶水了，快送呀！"也有村人玩恶作剧的，往空水桶里撒一把泥沙，或把空桶扔到亭外去。这可算乡间的一种特别警告：空水桶没资格放在茶亭里！总之，供茶失职，在本村舆论中是很不光彩的。所以，当值送茶，谁都不会也不敢怠慢；大多数人是出于自觉，也还有集体监督在起作用。

尤为难得的是，标溪茶亭至今不衰。别处茶亭早已停办而此处何以一枝独秀呢？因为公众还需要它，全村还乐意供奉它。虽然贵溪至弋阳的公路班车早已在标溪设了停靠站，但这一带的10个村的村民送粮到白田粮站出售，或因事步行外出，还是要经过茶亭；而且亭子畈有田千余亩，大家下田劳作时也还要到亭中饮茶休息；标溪村民们又一致愿意承袭挨户轮值送茶的祖传美德。所以茶亭就一直维系下来了。就在5月2日我到访那天，村民小组长夏文良和会计夏根林还正在张罗着制作今年的茶亭传牌呢。

标溪茶亭是贵溪古茶亭之一。查清乾隆十五年（1750）版《贵溪县志》，其卷五"亭"下记载着"夏秋设茶"的茶亭11座。据考，其中的江金亭，或许就是标溪茶亭的古名，因其下有注"（址在）县北六都，上通怀玉（山），下通安（仁）

万（年）"，查标溪旧属六都，而六都从来仅标溪一村有茶亭。据记载，这些茶亭的供茶方式有三：一曰"里人募茶"，即村民自愿献茶，这是多数；二曰"置赡茶田"，如甘露亭"置田十八亩，为夏秋设茶之资"；三是"寺僧人供茶，饮者投钱"。而且，对永福庵亭、南山亭所置的茶田还注明"有碑"，即树碑铭记，由此可见我们的祖先对茶亭的郑重其事。《县志》对两座茶亭还载明其所在的地势和路况：岭亭下注"自县一路夷旷，至此盘折，伛步半里许，岭坳有亭，行者借憩喘息"；来由岭亭下注"江浒山要路，丛山复岭，循麓开径，曲折蛇盘，数里至岭，有亭"。我们读此文字，不难想见，当年翻山越岭、气喘吁吁、大汗淋漓的行人们，踉跄入亭，即有茶可饮，该是何等欣喜！

值得注意的是，志书在列出一串茶亭之名以后，又加了一段按语："南乡茶亭呈报颇多，闽广通衢故也，处处义浆，宾旅无虞暑渴，是亦厚俗之一征，故略著之。"称茶亭为淳厚美俗的一大象征，亭中所供之茶为"义浆"，赞叹之情溢于言表。

二百五十多年前编修县志的官绅们，对本县茶亭不吝篇幅予以特载（其他地方志罕见茶亭入志）是颇有自豪感且寓深意的。据我所知，至少在江南各省古来都是普设茶亭的，现在还有以茶亭为地名的，如上饶有茶亭乡。但数量之多，规制之全，贵溪或可为典型；而具代表性且迄今持续不衰的，标溪又堪作标本。

把茶亭风尚称为"厚俗之征"，实是贴切得很。其一，茶亭民俗体现了民间对人的真诚关爱。一个人炎夏出行，流汗过多，极易脱水中暑发痧，或者因口渴难忍而喝路边生水，以致呕吐腹泻，那可都是险症啊，我就听说过有人因此在热路上致命的。而建亭加设茶，既可憩又可饮，解乏又解渴，这正是古代中国民众为盛暑行人设身处地着想、排忧解难的一项发明创造，是民间自发的一种旅途公益设施，也是夏令外出劳动力保健的有效方式。其二，茶亭民俗体现了老百姓对人间需要大范围的互惠服务的一种人生感悟。俗话说，人总不能背着瓦壶装茶出远门。普设茶亭，你在我处茶亭喝茶，我又在你处茶亭喝茶，虽然陌路相逢互不认识，但说不定早已成了无形中的"茶友"，接受过对方的帮助。据说，有母子二人扛桶向茶亭送茶，孩子不太乐意，母亲就说："这是给你爸送茶！"孩子不解："爸不是到外县卖水果去了吗？"母亲说："是啊，你爸正在那边的茶亭喝茶呢！"孩子恍然大悟。这就是："帮人就是帮己"；"人人为我，我为人人"。其三，茶亭民俗体现了民间广泛而持久的公益自觉。历史上中国大地上曾有过多少座茶亭，虽然没有资料可考，但估计有成千甚至上万座也不过分，分布地域之广，参与供茶的、受茶亭之惠的人数之多，怕是罕有一种地方风俗可与之相比的。而且，没有命令、没有报酬，而能自愿乐意历数百年之久不辍，这要有多么强的公益热忱和持久恒心啊！

茶亭，是中国人民自创的一项社会公益事业，是联结"草根"情感的精神纽带。茶亭精神，蕴涵着普通百姓的普世博爱、互惠情怀和公益自觉，彰显了中华民族独特的品格和气质，是中华民族的一份弥足珍贵的精神遗产！作为民族文化记忆，其中渗透着的人间"和谐思维"，在当代建设"和谐社会"的宏伟工程中，仍是一种有价值的精神资源。